Christa Holtei
Der verschwundene Papyrus

GW00729055

Christa Holtei wurde 1953 in Düsseldorf geboren. Sie studierte Anglistik, Romanistik, Philosophie und Pädagogik und arbeitet heute an der Heinrich-Heine-Universität Düsseldorf. Seit 1994 ist sie außerdem als Übersetzerin und Autorin für verschiedene Jugendbuchverlage tätig. Nach ›Der Pfefferdieb‹ (dtv junior 71178) ist der vorliegende Band ihr zweiter historischer Mitratekrimi bei dtv junior. Mehr über Christa Holtei und ihre Bücher unter www.phil-fak.uni-duesseldorf.de/~holtei/.

Volker Fredrich, geboren 1966 in Mühldorf am Inn, studierte an der Fachhochschule Hamburg Illustration. Seit 1996 arbeitet er als freier Illustrator für zahlreiche Kinder- und Schulbuchverlage. Für dtv junior stattete er auch die historischen Mitratekrimis ›Der Sohn des Gladiators‹ (dtv junior 71224) und ›Der Pfefferdieb‹ (dtv junior 71178) aus.

Christa Holtei

Der verschwundene Papyrus

Ein Mitratekrimi aus dem Alten Ägypten

Mit Zeichnungen von Volker Fredrich

Deutscher Taschenbuch Verlag

Für meine Mutter

Originalausgabe
In neuer Rechtschreibung
Oktober 2007
© 2007 Deutscher Taschenbuch Verlag GmbH & Co. KG,
München
www.dtvjunior.de
Umschlagkonzept: Balk & Brumshagen
Umschlagbild: Volker Fredrich
Lektorat: Maria Rutenfranz
Gesetzt aus der Berling 11/14·
Gesamtherstellung: Druckerei C. H. Beck, Nördlingen
Gedruckt auf säurefreiem, chlorfrei gebleichtem Papier
Printed in Germany · ISBN 978-3-423-71262-0

Man nennt die Namen der Schreiber wegen ihrer Bücher, die sie geschrieben haben, als sie noch lebten. Gut ist die Erinnerung an den, der sie verfasst hat, bis in alle Ewigkeit. Werde Schreiber, das nimm dir vor, damit es deinem Namen ebenso ergehe! Nützlicher ist ein Buch als ein gravierter Denkstein, als eine fest gefügte Grabwand. Es schafft Tempel und Pyramiden im Herzen dessen, der ihren Namen ausspricht.

(Weisheitslehre, 19. oder 20. Dynastie, Papyrus Chester Beatty IV)

Personen der Handlung

HENTI UND SHERIT (10): *Zwillinge, Töchter des Schreibers Ramose*

MERIMOSE (11): *Sohn des Malers Amunnacht*

IMHOTEP (10): *Sohn des Schreibers Hori*

RAMOSE: *Oberster Schreiber am Platz der Wahrheit*
HUNERO: *seine Frau*
HESIRE (5): *Ramoses jüngster Sohn*
IB: *Äffchen der Zwillinge*
NEFERHOTEP: *Ramoses kürzlich verstorbener Vater, Großvater der Zwillinge*
BAKET: *Neferhoteps Dienerin*

KENAMUN (20): *Zeichner am Platz der Wahrheit*
MERIT (14): *Kenamuns Frau und Ramoses älteste Tochter*

HORI: *Schreiber des Bürgermeisters von Waset*
HEDJET: *seine Frau*
HAPIMEN (4): *Imhoteps kleiner Bruder*
TIA: *Hedjets Dienerin*

AMUNNACHT: *Maler am Platz der Wahrheit*
HENUT: *seine Frau*
NESMUT (9): *Merimoses Schwester*

HUNI UND KENNA: *Vorarbeiter am Platz der Wahrheit*
NEHESI: *Hauptmann der Wächter am Platz der Wahrheit*
HORIMIN: *Torwächter am Platz der Wahrheit*
SUNERO UND SANEHEM: *Wächter am Großen Platz*
PABEKAMUN: *Priester, Magier, Heiler am Platz der Wahrheit*

ANTEF: *Wesir*
HERIHOR: *Hohepriester des großen Amuntempels*
HUNEFER: *Bürgermeister von Waset*
TETI: *sein Diener*

Die Handlung spielt in Waset (Theben) zur Zeit Ramses' II. (1279–1212 v. Chr.).

Ein Fremder am Platz der Wahrheit

Schemu, Zeit der Ernte, 2. Monat, 1. Tag

Henti und Sherit schlichen das letzte Stück der engen Straße hinunter. Am Nordtor spähten sie um die Ecke. Da stand er! Horimin, der Torwächter. Klein und rundlich lehnte er im Schatten der Mauer draußen vor dem Tor und döste in der Nachmittagshitze vor sich hin. Bis auf den langen Dolch an seiner Seite sah er eigentlich ganz harmlos aus.

»Jetzt!«, flüsterte Henti und stieß ihre Zwillingsschwester mit dem Ellbogen an. Dann lief sie leise wie eine Katze direkt vor Horimin, fuchtelte mit den Armen und rief: »Wach auf!«

Wie erwartet sprang Horimin vor Schreck in die Luft und hatte sofort die Hand an seinem Dolch. Aber da erkannte er Henti, die sich vor Lachen bog. Bei jedem anderen wäre er explodiert und hätte eines seiner berühmten Donnerwetter losgelassen. So aber grinste er nur etwas schief, blickte sich suchend um und fragte: »Und wo ist Sherit?«

Die beiden Schwestern traten immer gemeinsam auf. Das wusste er. Und wie immer wunderte er sich darüber, wie zwei Menschen so genau gleich aussehen konnten. Eigentlich fürchtete er sich sogar vor Zwillingen. Wie alle anderen glaubte auch Horimin, dass sie etwas Magisches an sich hatten. Aber hier im Dorf hatte sich jeder seit ihrer Geburt vor zehn Jahren an sie gewöhnt. Und Horimin wusste immerhin, woran er sie unterscheiden konnte: an ihren Jugendlocken.

Henti war eine halbe Stunde älter als ihre Schwester. Deshalb hatten Hunero und Ramose ihre Töchter Henti, die Erstgeborene, und Sherit, die Kleine, genannt. Beide trugen bequeme weiße Kleider und hatten wie alle ägyptischen Kinder kahle Köpfe, nur über einem Ohr hing ein geflochtener Zopf, die Jugendlocke. Irgendwann hatte ihre Mutter Hunero beschlossen, dass man sie an diesen Jugendlocken erkennen sollte, und hatte ihnen Glücksbringer daran gebunden: für Henti kleine Fische, die sie vor dem Ertrinken im Nil schützen sollten, und für Sherit türkisfarbene Perlen gegen den bösen Blick. Seitdem konnte auch Horimin die Zwillinge auseinanderhalten.

»Hier bin ich«, sagte Sherit. Sie trug einen Korb mit Feigen, einem Fladen Brot und einem kleinen Krug Bier.

»Geht ihr wieder zum Grabmal eures Großvaters?«, fragte der Torwächter.

»Aber Horimin!«, sagte Henti vorwurfsvoll. »Das tun wir doch fast jeden Tag!«

»Ja, richtig. Und Neferhotep wäre stolz auf euch!«

»Er weiß es«, sagte Sherit überzeugt. »Seine Seele weiß es. Sein Ka. Wir versorgen ihn gut. Kommst du?«, rief sie ihrer Schwester zu. »Bis später, Horimin!«

»Ja, sofort«, rief Henti zurück. »Ich hab nur Ib eingefangen!«

Ib war das Äffchen der Zwillinge, das sie überallhin mitnahmen. Großvater Neferhotep hatte vor drei Jahren ihren Herzenswunsch erfüllt und ihnen ein Äffchen geschenkt. »Ib«, hatte Henti nach langen Diskussionen gesagt. »Das ist der beste Name, denn es heißt Herz.«

Und Sherit war sofort davon überzeugt gewesen. Als sie Ib nämlich mit seinem neuen Namen gerufen hatte, war er ihr um den Hals gesprungen.

Henti winkte Horimin zu und ging mit Ib auf dem Arm ihrer Schwester nach. Sie wollten auf den Hügel direkt beim Dorf, wo die Grabtempel der Familien standen. Sie wichen den Eseln der Wasserträger aus, die ihnen auf dem Weg zum Nordtor mit vollen Krügen entgegenkamen, und stiegen den sandigen Weg hinauf, bis sie zum Grabmal ihres Großvaters kamen.

Vor drei Monaten hatte er die Reise durch die Unterwelt angetreten, und seit man seine Mumie vor drei Wochen feierlich in das Grabmal gebracht hatte, waren Henti und Sherit tatsächlich fast jeden Tag hier. Sie hatten Neferhotep sehr geliebt. Er war vor ihrem Vater der Oberste Schreiber im Dorf gewesen und hatte ihnen die ersten Schriftzeichen beigebracht. Er hatte sie neugierig auf die Kunst des Schreibens gemacht, indem er ihnen aus seinen Papyrusrollen Märchen, Sagen und

Abenteuer vorlas. Wie sehr sie das vermissten! Sein kostbarster Papyrus jedoch handelte von medizinischen Rezepten und Zaubersprüchen. Neferhotep hätte sich nie von ihm getrennt, denn sein eigener Großvater hatte die Texte selbst aufgeschrieben. Auch daraus hatte er Henti und Sherit später vorlesen wollen. Aber das war nun nicht mehr möglich, und wenn die Zwillinge daran dachten, wurden sie jedes Mal traurig.

Durch das Tor der Umfassungsmauer und über den Innenhof kamen sie zu dem kleinen Tempel mit dem pyramidenförmigen Dach.

»Weißt du noch«, sagte Henti, »wie Großvater uns immer sein Grab gezeigt hat, als es noch gebaut wurde?«

»Ja sicher«, antwortete Sherit. »Und ich weiß auch noch, wie stolz er darauf war.«

Wie jeder Ägypter, der es sich leisten konnte, hatte Neferhotep schon zu Lebzeiten für sein Haus der Ewigkeit gesorgt. Glücklich hatte er seinen Enkelinnen die schönen Malereien erklärt, mit denen die Künstler des Dorfes ihrem Obersten Schreiber und Magier sein Haus des Ka geschmückt hatten. Alles, was in seinem Leben für ihn wichtig gewesen war, würde ihn in der Ewigkeit begleiten: seine Frau, die schon lange vor ihm gestorben war, seine Kinder, seine Enkel, sein Haus – alles war da. Er würde im Jenseits nichts vermissen.

Im Tempel knieten Henti und Sherit nieder. Sie legten die Feigen und das Brot in eine Opferschale und stellten den Krug Bier daneben. Es waren Gaben für Neferhoteps Ka. Er sollte im Jenseits keinen Hunger leiden. Dann hoben sie für ihr Gebet die Hände vor ihren Kopf. Feierlich sprachen sie den Namen ihres Großvaters aus: »Neferhotep, Schreiber und Magier am Platz der Wahrheit, möge deine Seele leben. Mögest du, Neferhotep, Millionen von Jahren verbringen mit Augen, die das Glück schauen.«

Es war wichtig, den Namen des Großvaters auszusprechen. Henti und Sherit dachten immer daran. Der Ka des Großvaters konnte sich im Jenseits nur zurecht finden, wenn er seinen Namen nicht vergaß. Deshalb nannte seine Familie Neferhoteps Namen, wann immer sie an seinem Grabmal stand. So hatte Neferhotep selbst es bei seiner Frau und bei seinen eigenen Eltern und Großeltern getan.

Die Zwillinge verbeugten sich und verließen den Tempel. Dann setzten sie sich in den kühlen Schatten der Mauer. Flirrende Mittagshitze lag über ihrem Dorf in der Talmulde. Hier und da stiegen träge Rauchwölkchen durch die Mattendächer der Küchenhöfe und vermischten sich mit der dunstigen Luft.

Henti zeigte über den gegenüberliegenden Hügel. »Man kann noch nicht einmal den großen Tempel sehen, so heiß und dunstig ist es«, stöhnte sie.

In der Ferne glitzerten die Bewässerungsgräben in den Feldern und dahinter floss der Nil, aber Waset, die Hauptstadt des Landes auf dem anderen Ufer, war im Dunst verschwunden.

»Hoffentlich ist es beim Fest nicht so dunstig!«, sagte Sherit.

»Bloß nicht!« Henti schaute Sherit erschrocken an. »Sonst kann man doch die Barke Amuns nicht erkennen!«

Das Schöne Fest im Wüstental würde in sechs Tagen beginnen. Es war ein ganz besonderes Fest für die Lebenden und die Toten. Der Gott Amun verließ in seiner Barke sein Allerheiligstes im Großen Tempel von Waset und kam über den Nil, um die Totentempel der verstorbenen Pharaonen zu besuchen. Auch die Seelen der Toten würden dabei sein. Wie alle glaubten die Zwillinge fest daran, deshalb feierten die Dorfbewohner das Fest auch in den Höfen der Grabmäler. Das Dorf, in dem sie wohnten, hieß Set Ma'at, Platz der Wahrheit. Es war nach Ma'at benannt, der Göttin der Wahrheit, die die Natur, die Zeit, die ganze Welt ordnete.

»Ma'at hat auch mit uns zu tun«, hatte Neferhotep den Zwillingen einmal erklärt. »In unserem Dorf leben die besten Künstler des Landes. Wir bauen das Grab des Pharao und schmücken es aus. Auch dafür brauchen wir Ma'at, denn es ist auch Wahrheit und Ordnung in den Bildern an den Grabwänden. Alle haben eine Bedeutung. Stellt euch vor, wir würden einen Fehler machen und Pharao könnte deshalb nicht ins Jenseits einkehren! Ganz Ägypten würde darunter leiden!«

»Habt ihr schon Fehler gemacht?«, hatte Sherit ängstlich gefragt. Sie war die Vorsichtigere von den beiden und machte sich leicht Sorgen über alles Mögliche.

Aber Neferhotep hatte sie beruhigt. »Seit ich zu alt dafür bin, ist euer Vater der Oberste Schreiber des

Grabes am Platz der Wahrheit«, hatte er lächelnd gesagt. »Solange er die Aufsicht über die königliche Baustelle hat, geschieht hier alles nach Ma'ats Ordnung. Das kannst du mir glauben.«

Und seitdem waren Henti und Sherit stolz darauf, am Platz der Wahrheit zu leben und einen Vater zu haben, der Ma'at so gut diente.

Henti setzte sich auf und blickte sich suchend um.

»Ib«, rief sie, »komm sofort hierher. Die Feigen gehören Großvaters Ka und nicht dir.« Sie stand auf und ging in den Tempel zurück. Sie hatte richtig geraten. Da hockte das Äffchen vor der Opferschale und sah erschrocken zu ihr auf. In der Hand hielt es tatsächlich schon eine Feige. »Leg sie sofort hin, Ib«, schimpfte Henti. »Sonst heißt du ab jetzt Aun Ib. Gieriges Herz!«

Schnell ließ Ib die Feige wieder auf die Schale fallen, bleckte vor Verlegenheit die Zähne und sprang Henti keckernd auf die Schulter. Dann patschte er mit seinen kleinen Händen auf ihren kahlen Kopf, was Henti immer zum Lachen brachte. Sie setzte ihn auf den Boden und er hopste durch den Innenhof vor ihr her.

»Da kommt Merimose«, rief Sherit, als Henti und Ib um die Mauerecke bogen.

»Wo?«, fragte Henti und ließ sich wieder neben ihrer Schwester auf den schattigen Boden fallen.

»Da unten läuft er gerade an Horimin vorbei!« Sherit zeigte hinunter zum Nordtor.

»Wie kann man bei der Hitze nur laufen!«, ächzte Sherit.

Merimose, dem besten Freund der Zwillinge, machte das offenbar nichts. Er war groß für seine elf Jahre und sehr sportlich. Wettläufe und Ballspiele jeder Art liebte er, und wenn andere sich schon keuchend in den Schatten warfen, war er immer noch nicht müde. Merimose war der Sohn von Amunnacht, einem der besten Maler des Dorfes. In einem Tempel in der Nähe besuchte er die Schreiberschule. Amunnacht hoffte, dass auch sein Sohn eines Tages Maler würde. Dafür musste er die Hieroglyphen, die heiligen Schriftzeichen, beherrschen, sonst hatte es keinen Sinn. Besonders, wenn er die Namen der Götter und des Pharao auf die Grabwände malte, musste er wissen, was er tat.

Auch Henti und Sherit lernten Schreiben. Schließlich kamen sie aus einer Familie von Schreibern und waren von ihrem Großvater neugierig genug darauf gemacht worden. Sie wussten alles über die schwierigen Zeichen, aber nur Sherit malte sie gern. Henti hatte sich nur Neferhotep zuliebe mit ihnen abgemüht. Seit Neferhoteps Tod brachte Ramose ihnen die Zeichen selbst bei. Aber er übernachtete während der Woche wie alle anderen Künstler, Handwerker und Arbeiter eine Stunde vom Dorf entfernt in einer Schlafhütte bei der Grabbaustelle. Deshalb zeigte Merimose während dieser Zeit den Zwillingen neue Hieroglyphenzeichen. Geduldig erklärte er ihren Sinn und übte sie immer wieder mit ihnen ein. Und man brauchte viel Übung, bis die Zeichen so aussahen, wie sie es sollten.

Die einfachen Hieroglyphenzeichen

Hieroglyphe	Bedeutung	Entsprechung	Hieroglyphe	Bedeutung	Entsprechung
	Geier	A		Wasser, Energie	N
	Bein	B		Seilschlaufe	O
	Sieb	CH (»ich«)		Hocker	P
	Tierbalg	CH (»ach«)		Hügel, Abhang	Q (»K«)
	Hand	D		Mund	R
	Arm	E		Türriegel	S (stimmhaft)
	Viper	F		Stoff, Tuch	S (stimmlos)
	Krugständer	G		Wasserbecken	SCH
	Hofgrundriss	H		Brotlaib	T
	Flachsstrick	H (gehaucht)		Wachtelküken	U/V/W
	Schilfblatt	I		Korb + Stoff	X
	Schilfblätter	J		Schilfblätter	Y
	Henkelkorb	K		Türriegel	Z
	Löwe	L		Kobra, Schlange	TJ (»Nation«)
	Eule	M		Tierjoch, Zügel	DJ (»Jeans«)

»Was müssen wir heute machen?«, fragte Henti seufzend. »Immer noch Männchen malen? Oder Vögel?«

Sherit lachte. Ihre Schwester hatte einfach keine Geduld. »Nein«, antwortete sie. »Viel schlimmer. Vögel *und* Männchen! Hast du das vergessen?«

»Ooohhh!«, stöhnte Henti. Sie wusste, dass ihre Vögel immer wie Kleckse aussahen und man wirklich nicht erkennen konnte, ob es eine Eule, ein Falke oder eine Ente sein sollte.

»Es muss sein«, tröstete Sherit sie. »Jedes einzelne Zeichen hat doch eine andere Bedeutung!«

»Ich kann sie lesen«, antwortete Henti ungeduldig, »und das reicht mir.«

Aber bevor sie weiterschimpfen konnte, kam Merimose den Weg herauf. Seufzend sah Henti, dass er ihre Schreibpaletten, ein Wassertöpfchen und neue Steinscherben zum Beschreiben mitgebracht hatte.

»Ich bin spät dran«, entschuldigte sich Merimose und setzte sich neben die Zwillinge auf den Boden. »Tut mir leid. Aber jetzt kann's losgehen.« Er nahm Ib eine Scherbe wieder ab, die das Äffchen stibitzt hatte. Empört zeternd hockte sich Ib zwischen die Zwillinge.

Die drei Kinder holten Binsen aus ihren Paletten, tauchten sie in das Wassertöpfchen und verspritzten ein wenig Wasser zu Ehren des Schreibergottes Thot, denn er sollte ihre Arbeit schützen. So machten es alle Schreiber. Dann strichen sie mit den nassen Binsen über schwarze Brocken Ruß-Farbe in den Vertiefungen ihrer Paletten.

»Also noch einmal die Ente«, sagte Merimose und überhörte Hentis Stöhnen. »Und den sitzenden Mann für mich, und für euch die sitzende Frau.«

Es war eine Möglichkeit, die Wörter Sa und Sat, Sohn und Tochter, zu schreiben. Eine Weile hörte man nur das Kratzen der Binsen auf den Scherben. Und dann einen Jubelschrei von Henti. Sie hatte eine perfekte Ente gemalt und auch die sitzende Frau war fast nicht verkleckst.

Aber Merimose und Sherit sahen sich unsicher an. Sollten sie es ihr sagen? Schließlich holte Sherit tief Luft.

»Das sind wirklich die besten Zeichen, die ich je von dir gesehen habe«, sagte sie zu Henti. »Nur …«

»O nein«, rief Henti, »sag es nicht. Ich weiß schon. Die Frau und die Ente gucken sich an. Einer von beiden steht falsch herum. Aber ich *kann* sie nur so herum malen.«

»Aber du weißt doch, dass du dich entscheiden musst, in welche Richtung alle Zeichen für ein Wort schauen!«, erklärte Sherit geduldig.

»Ja, ja«, brummelte Henti. »Immer in die Richtung, aus der ich es lesen soll.«

Merimose reichte ihr eine neue Scherbe.

»Versuch es noch mal. Du wirst sehen, es geht. Und vergiss den Brotlaib nicht. Du brauchst ihn, um auf den ersten Blick das T für die weibliche Endung zu erkennen. Du bist kein Sa, du bist eine Sat!«

»Das siehst du doch an der sitzenden Frau«, maulte Henti.

»Eigentlich schon, aber deine sitzende Frau …«, grinste Sherit.

»Ach, ihr seid gemein!«, schimpfte Henti, machte sich aber über die neue Scherbe her.

Sie hatte das Wort fast fertig geschrieben, als Merimose rief: »Was ist denn da unten los?«

»Wo, da unten?« Henti war jede Ablenkung von der Schreiberei recht.

»Am Nordtor. Horimin regt sich auf. Und ein Fremder steht bei ihm und fuchtelt mit den Armen.«

Tatsächlich. Der Torwächter schien sich mit dem Fremden zu streiten. Er war größer und noch dicker als Horimin.

»Er muss wichtig sein. Oder reich. Niemand sonst trägt eine Perücke um diese Tageszeit!«, sagte Merimose.

»Und ein Fest ist auch nicht im Dorf«, überlegte Henti.

»Habt ihr das gesehen?«, rief Sherit aufgeregt. »Horimin lässt ihn durch!«

Das war wirklich außergewöhnlich, denn kein Fremder durfte ohne Erlaubnis das Dorf betreten. Die Künstler und Handwerker lebten sehr abgeschieden, denn sie kannten die Pläne der Pharaonengräber und die Schätze, die dem Pharao ins Jenseits mitgegeben wurden, weil sie sie selbst herstellten. Jeder Dieb hätte sich über ihr Wissen gefreut.

»Also ich gehe jetzt und frage Horimin einfach, wer das war.« Henti nahm ihre Schreibpalette und schob die Binse hinein. Dann schleuderte sie ihre beiden Scherben in hohem Bogen fort. Zufrieden hörte sie, wie sie in tausend Stücke zersprangen. Sie warf ihre Palette in Sherits Korb, nahm Ib auf den Arm und stapfte den Weg hinunter.

»Warte, wir kommen mit.« Sherit legte die beiden anderen Paletten auch in den Korb und lief mit Merimose schnell hinter ihr her.

Als sie bei Horimin ankamen, hatte der Wächter immer noch einen ganz roten Kopf vor lauter Ärger und schimpfte leise vor sich hin.

»Ach, da seid ihr ja wieder!«, sagte er nur, als er die Kinder sah.

»Wer war denn der Fremde, Horimin?«, fragten sie ihn neugierig.

»Euch entgeht auch nichts, was?«, brummte Horimin. »Aber«, sagte er und zog ein geheimnisvolles Gesicht, »ich verrate es nicht. Möge die löwenköpfige Sachmet den Fremden mit Krankheiten überschütten! Ich habe mich schon genug über ihn geärgert.« Damit drehte er ihnen den Rücken zu. Das war seine Rache für den Schreck, den Henti ihm vor ein paar Stunden eingejagt hatte. Aber er lächelte vor sich hin, denn er wusste, was jetzt kam.

»Och, Horimin! Bitte sag es uns doch!«, bat Sherit.

»Du bist doch sonst nicht so, Horimin, bitte!« Das war Henti.

Und nach einer kleinen Pause: »Bitte, Horimin!« Merimose also auch.

Da drehte sich der Torwächter wieder um. »Gut«, sagte er. »Ich verrate euch so viel: Der Fremde hat mich nach dem Weg gefragt. Er hatte gute Gründe, um Ein-

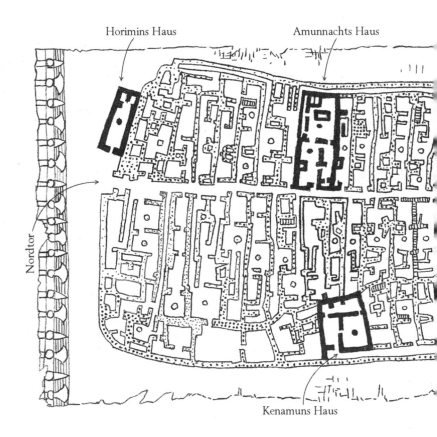

Horimins Haus

Amunnachts Haus

Nordtor

Kenamuns Haus

lass zu bitten, also habe ich ihn die Straße hinunter und dann zweimal rechts bis zum letzten Haus geschickt. Den Rest müsst ihr selbst herausfinden.«

Kopfschüttelnd sah Horimin ihnen nach, als sie an ihm vorbei durch das Nordtor liefen. Sogar Henti rannte.

»Amun schütze uns vor so viel Neugier!«, brummte er und lehnte sich wieder an die schattige Mauer.

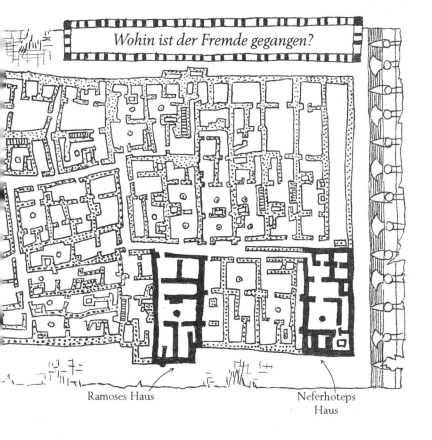

Wohin ist der Fremde gegangen?

Ramoses Haus

Neferhoteps
Haus

Ein verräterischer Fund

Schemu, Zeit der Ernte, 2. Monat, 1. Tag

Die drei Kinder liefen die Hauptstraße hinunter. Rechts und links reihten sich weiß getünchte Häuser mit roten Holztüren aneinander. Die Straße war so schmal, dass sie aufpassen mussten, niemanden umzurennen. Sie waren noch nicht weit gekommen, als Nesmut, Merimoses kleine Schwester, ihnen entgegenkam. Ihr Kleid war schmutzig und ihre Jugendlocke ganz zerzaust.

»Ich wollte gerade zu euch«, rief sie außer Atem.

»Wie siehst du denn aus?«, fragte Merimose. »Was ist passiert?«

»Das Gerüst auf dem Dach ist umgefallen. Mutter und ich können es nicht alleine wieder aufstellen.«

In Set Ma'at sahen sich alle Häuser sehr ähnlich. Sie bestanden aus drei Räumen und dem Küchenhof, von dem aus eine Treppe zum Dach hinaufführte. Kaum wurde es dunkel und die kühlere Nachtluft erreichte auch das Dorf, gingen die Hausbewohner hinauf auf das flache Dach, wo sie zusammensaßen und sich unterhielten. Viele schliefen auch dort, weil es im Haus zu stickig war. Bei den meisten Häusern stand ein Holzgerüst auf dem Dach, über das Stoff oder Palmblätter als Schutz vor der Sonne gebunden waren, sodass man auch tagsüber dort oben im Schatten sitzen konnte. Aber wenn das Gerüst umfiel, brauchte man mehrere Leute, um es wieder aufzurichten.

»Warte, ich komme!« Merimose nahm seine Schreibpalette aus Sherits Korb und verabschiedete sich von den Zwillingen. »Jetzt müsst ihr allein herausfinden, wer der Fremde war und wohin er gegangen ist«, sagte er. »Aber vergesst nicht, mir alles zu erzählen!«

»Keine Sorge«, sagte Henti. »Spätestens morgen weißt du Bescheid, was wir entdeckt haben.«

»Bis morgen dann!« Seufzend folgte Merimose seiner Schwester ins Haus und die Zwillinge gingen allein weiter.

»Zweimal rechts, hat Horimin gesagt«, überlegte Henti. »Es muss die Gasse da vorne sein, eine andere Möglichkeit gibt es nicht.«

»Das stimmt, denn … Oh, guck mal!«, rief Sherit. »Da ist Vater!«

Auf der Stelle vergaßen sie ihren Plan. Denn wenn der Oberste Schreiber während der Woche die Baustelle am Großen Platz verließ und ins Dorf kam, musste er einen wichtigen Grund dafür haben. Die beiden liefen los und riefen ihn, aber Ramose hatte sie schon entdeckt und blieb an der Wegkreuzung stehen.

»Vater, was machst du denn hier?«

»Wieso bist du nicht am Großen Platz?«

»Oh, nicht beide auf einmal!«, sagte Ramose lachend. »Pabekamun kommt gleich zu uns, aber zuerst gehe ich zu Kenamun, weil ich etwas mit ihm besprechen muss.«

»Ist er nicht auf der Baustelle?«, fragte Henti.

»Deshalb muss ich ja mit ihm sprechen«, antwortete Ramose.

»Dürfen wir mit?«, bettelte Sherit.

»Oh ja, bitte, können wir in der Zeit Merit besuchen?«, fragte Henti. »Wir haben sie so lange nicht gesehen.«

Kenamun war einer der begabtesten und ehrgeizigsten Vorzeichner der königlichen Baustelle. Von Künstlern wie ihm hing es ab, ob die Figuren und Schriftzeichen der gemalten Szenen am richtigen Platz auf der Wand waren, die passende Größe hatten und gerade standen. Kenamun hatte ein so sicheres Auge, dass er noch nicht einmal das Raster aus Quadraten brauchte, das die Vorzeichner normalerweise auf die Wände malten, damit die Figuren gleich groß wurden: zwei Quadrate für das Gesicht, sechs Quadrate für die Schulterbreite, acht Quadrate für die Beinlänge – Kenamun hatte alle diese Maße im Gefühl.

Vor ein paar Monaten hatten Ramoses älteste Tochter Merit und er geheiratet. Ramose und Hunero waren nicht begeistert gewesen und hatten versucht, ihre Tochter umzustimmen. Doch das war zwecklos gewesen. Merit war bis über beide Ohren verliebt und hatte ihn doch geheiratet. Schließlich konnte sie sich wie alle ägyptischen Frauen ihren Ehemann frei wählen. Ramose hielt Kenamun zwar für einen sehr guten Künstler, aber er war ihm zu ehrgeizig und auch ein wenig zu eitel. Und die Zwillinge versuchten nur ihrer großen Schwester zuliebe, ihn nett zu finden.

Kenamun und Merit hatten ein leer stehendes Haus in Set Ma'at bezogen und viel Arbeit hineingesteckt, denn es musste überall ausgebessert werden. Henti und Sherit waren sehr gespannt, wie das Haus jetzt aussah. Sie hatten damals gedacht, man könnte es nie wieder bewohnen.

»Gut«, antwortete Ramose, »kommt mit.«

Sie bogen von der Hauptstraße in die Gasse ein und waren ein Stück gegangen, als Sherit ihre Schwester aufgeregt am Kleid zupfte. Aber Henti hatte es auch gesehen. Aus der nächsten Gasse kam der Fremde, bog nach links ab und stolzierte auf sie zu. Er füllte den schmalen Raum zwischen den Häusern fast aus, so dick war er. Und er schien sich für sehr wichtig zu halten, denn ohne Rücksicht schubste er ein Kind beiseite und riss fast eine Frau um, die einen Korb Zwiebeln auf dem Kopf trug. Ramose und seine Töchter drückten sich an eine Hauswand, um ihm auszuweichen.

Aus der Nähe betrachtet war der Dicke noch unsympathischer. Er hatte die Augen mit schwarzem Kajal umrahmt, wie es alle taten, denn Kajal schützte die Augenlider vor Entzündungen durch den trockenen Wüstenwind. Aber die äußeren Striche waren zu lang über die Schläfen gezogen, was eigentlich nur hochgestellten Persönlichkeiten zustand. Breite Schmuckreifen kniffen in seine Oberarme und unter seinem Doppelkinn war eine goldene Kette zu erkennen, an der gleich mehrere Glücksbringer baumelten. Sein nicht sehr sauberer Lendenschurz spannte über seinem Bauch. Und die Perücke, die die Zwillinge schon vom Hügel aus gesehen hatten, war einfach schäbig. Sie hatte ihren Glanz verloren und die Wachsperlen am Ende der vielen künstlichen Haarzöpfchen hatten diese wohl irgendwann einmal zusammengehalten. Jetzt aber fehlten viele Perlen oder gleich die ganzen Zöpfchen.

Ohne sie eines Blickes zu würdigen, stapfte der Fremde dicht an ihnen vorbei. Henti konnte Ib gerade noch davon abhalten, an den restlichen Perlen der Perücke zu reißen, da war die Gasse wieder frei. Nur ein starker Lotosduft hing noch in der Luft.

Henti blickte sich neugierig um, aber auch von hinten sah der Fremde nicht sehr sympathisch aus.

»Puh!«, machte Sherit und hielt sich die Nase zu. »Eigentlich rieche ich Lotos so gerne!«

Ramose lächelte amüsiert. »Nun weißt du, was passiert, wenn man mehr sein will, als man ist. Man tut des Guten immer zu viel. Aber wieso ist er hier? Seltsam, dass Horimin ihn überhaupt hereingelassen hat!«

Die Zwillinge blickten sich vielsagend an.

Sie bogen in die Gasse, aus der der Fremde gekommen war, und machten schließlich beim letzten Haus halt. Sherit stieß Henti an und flüsterte: »Horimin hat gesagt, zweimal rechts und dann das letzte Haus. Es ist Kenamuns Haus! Der Fremde wollte zu Kenamun!«

»Was wollte er hier?«, flüsterte Henti zurück. »Wieso kennt Kenamun überhaupt solche Leute?«

»Was habt ihr denn für Geheimnisse?«, fragte Ramose und klopfte an die Tür.

»Wir haben uns nur gefragt, was der Fremde bei Kenamun wollte.«

»Wieso bei Kenamun?«, fragte Ramose erstaunt. »Woher wollt ihr wissen, dass er genau in diesem Haus war?«

»Der Lotosduft«, grinste Henti und Sherit fing an zu lachen. Aber da öffnete Kenamun schon die Tür. Er begrüßte seinen Schwiegervater überrascht und bat sie alle herein. Henti und Sherit sahen sofort, dass er sein Haar bis fast auf die Schultern hatte wachsen lassen und dass ein modisches Bärtchen sein Kinn zierte. Aber sie grinsten sich nur an und sagten nichts dazu. Kenamun war eben eitel, da konnte man nichts machen. Und das Wichtigste war ja, dass Merit ihn wirklich zu lieben schien.

Sie gingen mit ihrem Vater die drei Stufen hinunter in den Eingangsraum. Kaum hatte Kenamun die Tür hinter ihnen geschlossen, wurde es sofort dunkler, denn nur durch eine Öffnung im Dach fiel Licht. Auf diese Weise blieben die Häuser kühler, waren aber immer dämmrig.

Henti und Sherit staunten, denn der Raum hatte sich sehr verändert, seitdem sie das letzte Mal hier gewesen waren. Der hohe Hausaltar aus Lehmziegeln war verputzt, mit Farbe verziert und mit selbst gewebtem Stoff behängt worden. Bes, der fröhlich tanzende Schutzgott der Familie, war wie in vielen Häusern auch hier an die äußeren Wände gemalt und streckte jedem, der Böses wollte, die Zunge heraus.

Kenamun führte sie weiter über den gestampften Lehmboden zwei Stufen hinauf in den Hauptraum. Merit und er hatten wahre Wunder vollbracht. Die Säule, die das Dach trug, war farbig gestrichen. In den kleinen Altarnischen in der Mauer waren die Figürchen der Vorfahren mit Blumen geschmückt. Und die niedrige Liege aus Lehmziegeln, die auch in jedem Haus zu finden war, stand frisch verspachtelt und getüncht an der Wand. Tagsüber konnte man sich hier hinsetzen und sie nachts als Bett benutzen. Ein niedriger Tisch mit einer Schale voller Früchte stand davor.

Etwas unbeholfen bot Kenamun seinen Gästen von den Früchten an. Henti und Sherit nahmen sich jede eine Feige und ein paar Trauben.

»Ich habe gedacht, man könnte hier nicht wohnen, als ihr eingezogen seid«, sagte Henti mit vollem Mund.

»Und jetzt sieht alles so schön aus!«, fügte Sherit höflich hinzu.

Kenamun schien sich über dieses Lob zu freuen. »Wir haben auch viel daran gearbeitet. Merit hat übrigens die Götter und die Verzierungen auf die Wände gemalt. Sie hat Talent.«

»Ich weiß«, nickte Ramose. »Das hat sie wirklich!«

Ramose gab seinen Töchtern ein Zeichen, zu ihrer Schwester zu gehen, denn er wollte mit Kenamun allein sprechen. Das ließen sich die Zwillinge nicht zweimal sagen. Sofort standen sie auf und liefen durch den Gang am dritten Raum vorbei zur Küche. Sie hatten sie noch nicht erreicht, als sie halblaute Schreie hörten. Etwas fiel um und dann rief jemand: »Willst du das wohl lassen!«

»Ib, komm hierher!«, riefen die Zwillinge gleichzeitig und rannten das letzte Stück in den Küchenhof. Da stand die verzweifelte Merit mit zerzausten Haaren inmitten von Gerstenkörnern, die sich aus einem umgefallenen Vorratskrug über den ganzen Boden verteilt hatten. In der Ecke neben dem Ofen hockte der erschrockene Ib und sah die Zwillinge schuldbewusst an.

»Komm zu mir, Ib!«, lockte Henti das Äffchen an, während Sherit ihre Schwester umarmte und ihr dabei half, die Gerstenkörner möglichst ohne Sand vom Boden zu sammeln und wieder in den Vorratskrug zu werfen.

»Wie schön, dass ihr mich besuchen kommt«, sagte Merit und wischte sich die Haare aus dem Gesicht, »aber Ib hat mir heute gerade noch gefehlt! Ich wollte Bier machen und da tobt plötzlich dieses kleine Ungeheuer durch die Küche!«

Sie hatte schon zerstoßene Gerste mit Emmer verknetet, kurz gebacken und dann in einen großen Krug gebröckelt. Mit Wasser und würzigem Dattelsaft würde es ein paar Tage stehen und zu einem nahrhaften süßen

31

Bier gären. Durch ein Sieb geschüttet tranken es sogar die Kinder.

»Es tut uns leid, Merit«, entschuldigte sich Henti. Sie hatte Ib inzwischen eingefangen. Er bleckte die Zähne und stieß kleine Jammerlaute aus. Da musste sogar Merit lachen.

»Ich verzeihe dir«, sagte sie gnädig und streichelte über seinen Kopf. »Soll ich euch zeigen, wie schön unser Haus geworden ist?«, fragte sie dann ihre Schwestern lächelnd.

»Gerne!«, nickte Sherit. »Deshalb sind wir mitgekommen, als Vater gesagt hat, dass er mit Kenamun reden will.«

»Vater ist auch da?«, rief Merit erfreut und lief zur Tür.

»Warte«, hielt Henti ihre Schwester auf. »Er wollte Kenamun allein sprechen, weil er nicht auf der Baustelle ist.«

»Er hat sich doch freigenommen«, sagte Merit und zuckte die Schultern. »Er hat heute Besuch erwartet.«

»Den haben wir gesehen! Kennst du den Fremden eigentlich?«, fragte Henti neugierig. Auch Sherit sah Merit fragend an.

»Nein«, sagte Merit. »Er ist aus Waset. Kenamun kennt ihn. Und ich«, fügte sie hinzu und schüttelte sich, »ich kann ihn nicht riechen!«

Die Zwillinge brachen in Gelächter aus.

»Henti! Sherit!«, hörten sie Ramose rufen.

»Wir kommen«, antwortete Sherit ihm.

Schnell gingen Merit und die Zwillinge mit Ib zum Eingang. Ihr Vater verabschiedete sich schon von Kenamun.

»Ich will hoffen, dass das nicht mehr vorkommt«, sagte Ramose gerade ernst. »Es kostet uns alle Zeit und die haben wir nicht. Wir würden dich nur ungern verlieren. Nimm dich zusammen, Kenamun. Geh noch heute zur Baustelle zurück, damit du morgen früh gleich weiterarbeiten kannst!«

Kleinlaut nickte Kenamun. Merit blickte erschrocken von einem zum anderen.

»Ah, da seid ihr ja!«, rief Ramose, als er seine Töchter sah. »Merit!« Er nahm sie in den Arm. »Guck nicht so erschrocken. Kenamun und ich haben nur ein Problem aus der Welt geschafft.«

Erleichtert lächelte Merit ihren Vater an.

»Leider kann ich nicht länger bleiben und euer Haus bewundern. Ich kann nicht so lange von der Baustelle fort sein«, erklärte er. »Und ich habe mich mit Pabekamun im Haus eures Großvaters verabredet. Wollt ihr mitgehen?«, wandte er sich an die Zwillinge. »Ich werde Pabekamun heute den Papyrus eures Großvaters geben, wie es vereinbart ist.«

Henti und Sherit blickten sich bestürzt an. Wie hatten sie das vergessen können! Neferhotep hatte seinem besten Freund, dem Priester Pabekamun, den kostbaren medizinischen Papyrus vermacht, den er von seinem Großvater geerbt hatte. Und heute sollte Pabekamun ihn bekommen!

»Sei nicht böse, Merit«, entschuldigte sich Henti.
»Wir möchten so gern dabei sein!«

»Wir kommen dich ein anderes Mal länger besuchen«,
versprach Sherit. »Bestimmt.«

Merit nickte verständnisvoll. Sie kannte ihre Schwestern.

Ramose und die Zwillinge verabschiedeten sich von
ihr und Kenamun, gingen schnell den Weg zurück und
bogen in die Hauptstraße ein.

»Hat Kenamun etwas Schlechtes getan?«, fragte Sherit.

»Nein, nicht unbedingt«, antwortete Ramose. »Er ist
nur in letzter Zeit nicht bei der Sache und macht Fehler.
Ganz ungewöhnlich für ihn. Und wir verlieren Zeit
dabei. Ihr hattet übrigens recht«, fügte er hinzu. »Der
dicke Fremde war tatsächlich bei Kenamun. Er ist aus
Waset und hat einen Auftrag mit ihm besprochen. Kenamun
wird noch reich mit seinem Talent, so jung er
ist! Nur darf er seine Arbeit für die königliche Baustelle
deswegen nicht vernachlässigen.«

Sie gingen an ihrem eigenen Haus vorbei bis zu dem
Haus, das ihrem Großvater Neferhotep gehört hatte,
und klopften. Eine kleine, sehr alte Frau mit weißen
Haaren und gebeugtem Rücken öffnete ihnen. Das Auffälligste
an ihr waren die freundlichen dunklen Augen
in ihrem faltigen Gesicht.

»Wir sind es, Großmutter Baket!«, riefen Henti und
Sherit.

»Herein! Herein, meine Lieben!«, sagte die alte Frau
lächelnd. Baket war in Neferhoteps Haushalt Dienerin

gewesen. Aber als Neferhoteps Frau starb und er mit seinen kleinen Söhnen Ramose und Sennefer allein dastand, hatte sie versucht, ihnen die Mutter zu ersetzen. Es war ihr gut gelungen und jetzt liebten auch Ramoses Kinder sie, als wäre sie ihre richtige Großmutter. Nach Neferhoteps Tod wohnte sie noch im Haus, bis ein Platz für die Möbel und auch neue Besitzer gefunden waren. Danach würde sie zu Ramose und Hunero ziehen.

Baket nahm die Zwillinge in die Arme, kraulte Ib am Kopf und betrachtete dann Ramose aufmerksam von Kopf bis Fuß.

»Du bist ein guter Sohn!«, sagte sie schließlich zum Obersten Schreiber des Grabes. »Dein Vater wäre stolz auf dich.«

Ramose drückte sie lächelnd an sich und fragte: »Ist Pabekamun schon da?«

»Er wartet auf dich«, antwortete Baket. »Geht hinein. Ich bringe euch Bier.«

Pabekamun war der Priester des neu gebauten Amuntempels draußen vor dem Nordtor. Er war ein sehr gebildeter Mann und Neferhoteps bester Freund, seitdem sie zusammen in die Schreiberschule gegangen waren. Mit keinem anderen hatte Neferhotep über die Themen, die ihn brennend interessierten, so gut sprechen können: über Medizin, über Magie und über Träume. Oft hatten die Freunde gemeinsam über Weisheitslehren gebrütet oder im Traumbuch gelesen, was Träume wohl bedeuten könnten. Aber am wichtigsten war für beide der einzigartige Papyrus mit den Rezepten und

Zaubersprüchen gegen alle möglichen Arten von Krankheiten gewesen. Neferhotep hatte ausdrücklich festgehalten, dass sein Freund einmal diesen kostbaren Papyrus als Andenken an ihn und als Beweis seiner Freundschaft erben sollte.

Als Ramose und seine Töchter den großen Raum betraten, erhob sich Pabekamun von der Liege. Er umarmte die Zwillinge und bedankte sich dann bei Ramose, weil er für ihn sogar die Baustelle verlassen hatte.

»Der Letzte Wille meines Vaters ist wichtig genug dafür«, antwortete Ramose lächelnd. »Auch ich danke dir, dass du gekommen bist. Aber du hast recht, ich habe wirklich nicht viel Zeit. Gehen wir zu Neferhoteps Schatzkiste.«

Pabekamun lachte, denn so hatte sein Freund die Holztruhe immer genannt, in der er seine Papyrusrollen aufbewahrte.

»Wenn du die Rollen in dein Haus holst, solltest du sie in Tonkrüge stellen und verschließen, Ramose«, sagte Pabekamun lächelnd. »Sie werden jetzt nicht mehr so oft benutzt und in Krügen kann ihnen nichts passieren.«

»Das werde ich«, versicherte Ramose. »Ich verspreche es.«

Er nahm ein brennendes Öllämpchen von dem kleinen Tisch vor der Liege, öffnete die Truhe an der Wand und beugte sich mit Pabekamun über die Rollen. Aber sie suchten vergeblich. Sosehr sie die Truhe durchstö berten, sie konnten Neferhoteps kostbarsten Besitz nicht finden! Er war verschwunden!

Erschrocken drehte sich Ramose zu Baket um, die mit einem Krug Bier hereinkam, und fragte: »Baket, weißt du, wo der große Papyrus ist? Er ist nicht in der Truhe, aber ich bin sicher, dass er hier sein muss.«

Baket sah entsetzt von Ramose zu Pabekamun und zu den Zwillingen, die vor Schreck ganz blass geworden waren. Dann schüttelte sie den Kopf. »Ich weiß es nicht. Neferhotep hat die Truhe mit dem Papyrus noch selbst verschlossen. Seitdem hat sie niemand mehr geöffnet. Er muss da sein!«

»Aber er ist weg!«, rief Henti aufgebracht. Großvater Neferhotep hatte doch so viel Wert darauf gelegt, dass der Papyrus Pabekamun gehören würde! Die kostbare Rolle durfte nicht weg sein!

Auch Henti und Sherit beugten sich über die Truhe und fieberhaft suchten alle noch einmal. Aber die dicke Rolle blieb verschwunden.

»Er muss gestohlen worden sein!« Ramose ließ sich auf die Liege fallen und stützte den Kopf in die Hände. »Wer, bei Amun, bricht hier ein und stiehlt einen Papyrus? Und warum?« Fassungslos blickte er Pabekamun an. »Wie kann jemand den Letzten Willen eines Toten so entehren?«

»Und der Dieb ist mit dem Andenken an meinen besten Freund wahrscheinlich schon über alle Berge!«, sagte Pabekamun bekümmert. »Möglich, dass wir den Papyrus sogar nie wieder finden!«

Sherit sah ihn mit blitzenden Augen an. »Vielleicht können wir ihn doch finden!«, rief sie. »Hat Großvater nicht alle seine Papyrusrollen gekennzeichnet?«

»Das ist wahr!« Pabekamun nickte nachdenklich. »Er hat immer gesagt, dass sie einen Dieb nicht glücklich machen würden, dafür habe er gesorgt!«

Henti starrte Pabekamun einen Moment lang an. Dann setzte sie Ib auf den Boden, lief zu Sherits Korb und begann ihn aufgeregt zu durchwühlen. Die anderen sahen sie erstaunt an. Was hatte sie vor? Schließlich hatte sie offenbar gefunden, was sie suchte. Langsam drehte sie sich zu den anderen um und hielt es ihnen entgegen.

»Was ist denn das?«, fragte Ramose überrascht.

»Ein Stück Papyrus«, erklärte Henti. »Es steht etwas drauf, seht mal!«

Ramose leuchtete mit dem Öllämpchen und alle beugten sich über den Fetzen. Sherit zog scharf die Luft ein. »Wo hast du das gefunden?«, fragte sie ihre Schwester.

»Als wir bei Kenamun waren, hatte Ib es plötzlich in der Hand. Ich hab es in den Korb gesteckt und ganz vergessen.«

Pabekamun schüttelte den Kopf. »Es sieht nicht gut aus für Kenamun«, sagte er langsam und blickte besorgt in die bestürzten Gesichter vor ihm.

Was steht auf dem Papyrusfetzen?

Die Grabbaustelle am Großen Platz

Wenn Kenamun wirklich der Dieb ist«, schimpfte Henti zornig, »dann ist das so eine Gemeinheit! Großvater einfach zu bestehlen!«

Henti und Sherit lagen auf ihren Schlafmatten oben auf dem Dach des Hauses und berieten, was sie tun sollten. Die Entdeckung des Diebstahls war einfach ungeheuerlich! Und noch ungeheuerlicher war, dass ihr eigener Schwager verdächtig war. Henti und Sherit hatten in der Nacht kaum ein Auge zugetan.

»Und Großvater kann sich noch nicht mal mehr wehren!«, sagte Sherit empört.

»Ich verstehe nicht, warum Vater nichts gegen Kenamun unternehmen will!«, rief Henti aufgebracht.

Sherit zuckte die Schultern. »Er kann nicht glauben, dass ein Mitglied unserer Familie stiehlt!«, sagte sie. »Ich glaube, er hat recht. Was ist, wenn Ib den Fetzen einfach nur auf der Straße gefunden hat? Das wäre doch möglich!«

40

»Findest du das nicht seltsam, wenn Ib ausgerechnet in Kenamuns Haus plötzlich einen Fetzen Papyrus in der Hand hat und vorher nicht? Außerdem habe ich ihn getragen. Wie soll er da Papyrusfetzen auf der Straße finden können?«

Die Zwillinge schwiegen nachdenklich. Plötzlich stieß Henti ihre Schwester an. »Wenn sonst niemand was tut, werden wir eben den Dieb finden!«, sagte sie entschlossen. »Ich will wissen, wer Großvater bestohlen hat. Sogar, wenn es wirklich Kenamun war! Pabekamun muss den Papyrus noch vor dem Fest bekommen. Keiner von uns kann es sonst richtig feiern.«

Sherit war sofort einverstanden. »Das stimmt. Großvaters Ka muss zufrieden und ruhig das Fest mit uns feiern können. Aber was sollen wir tun?«

»Zuerst müssen wir irgendwie zur Baustelle kommen«, sagte Henti. »Um Kenamun zu beobachten.«

»Wie willst du das denn machen?«, fragte Sherit. »Die Wächter lassen uns Kinder da niemals durch!«

Henti dachte kurz nach. »Ich weiß! Wir fragen Mutter, ob wir heute Vaters Vorräte zu den Schlafhütten bringen können. Und dann werden wir schon irgendwie hinunter zur Baustelle kommen.«

Sofort sprangen sie auf und liefen die Treppe zum Küchenhof hinunter. Unten füllte Hunero gerade zwei Körbe mit Nahrungsmitteln. Hesire, der kleine Bruder der Zwillinge, saß auf dem Boden und spielte mit einem Holzlöwen. Mithilfe einer Schnur konnte er den Löwen sein Maul gefährlich weit aufreißen lassen, wobei der alle spitzen Holzzähne zeigte, die noch übrig waren. Natürlich brüllte Hesire dabei, wie ein Löwe es in Wirklichkeit getan hätte. Nur konnte Hesires Löwe auch sprechen.

»Traaaauuuben!«, grollte der Löwe. »Ich will Traaauuuben!«

Hunero lachte. »Bist du sicher, dass der Löwe die Trauben will?«, fragte sie und steckte ihrem Sohn gleich zwei in den Mund. Erstaunlicherweise war der Löwe sofort still.

Als die Zwillinge anboten, für Hunero zum Großen Platz zu gehen, sagte sie erfreut: »Ja, gerne! Lasst mal sehen. Haben wir alles? Zwiebeln und gekochte Bohnen sind in Sherits Korb. Und du hast das Bier und das Brot, Henti. Und sagt Ramose, dass ich übermorgen mit dem Esel komme und ihm frisches Brot und Bier bringe.« Sie hob die Körbe an. »Könnt ihr das tragen? Oder ist es zu schwer?«

»Sicher können wir das tragen«, antwortete Sherit.

»Wir machen oben auf dem Hügel eine Pause«, sagte Henti und nahm Ib auf den Arm, »dann geht es schon.«

In den Schlafhütten bei der Baustelle gab es keine Küchen, aber essen musste Ramose trotzdem. Deshalb brachte seine Familie ihm regelmäßig Nahrungsmittel zum Großen Platz. Ramose hatte sich noch am Tag zuvor beeilt, wieder zur Baustelle zurückzukommen. Er wollte seine beiden Hilfsschreiber nicht so lange allein lassen, deshalb war keine Zeit mehr gewesen, die Körbe zu packen. Man brauchte ungefähr zwei Stunden für den langen Weg über das Wüstengebirge bis zur Grabbaustelle im Tal. Auch wenn er schon im Morgengrauen aufgebrochen wäre, hätte er nicht rechtzeitig mit der Arbeit beginnen können.

Henti und Sherit verabschiedeten sich von ihrer Mutter und gingen hinaus auf die Straße. Kurz bevor sie die Türe schlossen, hörten sie von hinten aus dem Küchenhof den Löwen wieder brüllen: »Meeehhhr!« Hunero lachte, danach war es ruhig. Wahrscheinlich kaute Hesire und konnte nicht mehr brüllen.

Die Zwillinge liefen die Hauptstraße entlang zum Nordtor. Als hätte er auf sie gewartet, trat plötzlich Merimose aus seinem Haus. Er trug einen ähnlichen Korb wie die Zwillinge. Offenbar war auch er unterwegs, um seinem Vater Amunnacht Essen zu bringen. Normalerweise hätte Merimose um diese Zeit in der Schreiberschule sein müssen, doch der alte Priester und Schreiber, der dort unterrichtete, half bei den Vorbereitungen für das Schöne Fest im Wüstental. Man wollte dem Gott Amun einen würdigen Empfang bereiten, wenn er in seiner Barke über den Nil kam.

»Dann können wir ja zusammen gehen!«, sagte Merimose zufrieden. Gemeinsam machten sich die Kinder auf den Weg. Als sie aus dem Nordtor traten, stand Horimin mit Nehesi zusammen, dem Hauptmann der Wachsoldaten. Horimin sah nicht glücklich aus. Offensichtlich machte Nehesi ihm Vorwürfe, weil er am Tag zuvor einen Fremden ins Dorf gelassen hatte, ohne es dem Hauptmann zu melden.

Die drei Kinder gingen draußen an der Umfassungsmauer entlang. Ganz im Süden des Dorfes, gleich hinter dem Friedhofshügel, begann der Weg, der zum Großen Platz führte. Man konnte ihn nicht verfehlen, denn er war nicht goldbraun wie der restliche Gebirgsboden, sondern strahlend weiß. Viele Füße hatten über lange Zeit den Kalkstein des Bodens blank geputzt.

»Und?«, fragte Merimose die Zwillinge, als sie den Berg hinaufstiegen. »Was habt ihr gestern noch über den Fremden herausgefunden?«

»Dass er zu viel Lotosduft benutzt und bei Kenamun war«, antwortete Henti.

»Was?«, fragte Merimose ungläubig. »Bei Kenamun?«

Da erzählten Henti und Sherit ihrem Freund alles, was am Tag zuvor passiert war, nachdem Merimose sie verlassen hatte.

Merimose blickte sie verblüfft an. »Jemand hat den Papyrus eures Großvaters gestohlen?« Er schüttelte ungläubig den Kopf. »Und woher wollt ihr wissen, dass der Fetzen von genau diesem Papyrus ist?«, fragte er.

»Auf dem Fetzen stand der Anfang vom Namen unseres Großvaters«, erklärte Henti.

»Ja«, sagte Sherit. »Neferhotep hat auf alle seine Papyrusrollen seinen Namen geschrieben.«

»Aber überlegt mal, was mit dem Papyrus passiert sein muss, wenn Fetzen von ihm einfach so in der Gegend herumliegen!«

»Ja, das hat sich Pabekamun auch gefragt«, antwortete Henti. »Aber noch mehr Sorgen haben Vater und Pabekamun sich gemacht, weil Kenamun verdächtig ist. Er gehört doch zu unserer Familie!«

»Und er ist ein sehr guter Vorzeichner und eigentlich immer zuverlässig und ehrlich«, fügte Sherit hinzu. »Es wäre einfach dumm von ihm, etwas zu stehlen, weil er nicht bei uns im Dorf bleiben könnte. Diebe werden doch in die Steinbrüche in der Wüste verbannt!«

»Oder noch schlimmer!«, rief Henti. »Er kann sogar dafür hingerichtet werden, wenn das Gericht so entscheidet.«

»Die arme Merit!«, sagte Sherit mitleidig.

»Vielleicht hat er es wegen ihr getan«, überlegte Merimose. »Wegen Merit. Er will schnell reich werden, damit die beiden ein gutes Leben haben. Die Archivare in der großen Tempelbibliothek interessieren sich immer für einen solchen Papyrus. Jeder Schreiber weiß, wie teuer sie sind.«

Sie waren inzwischen schon ein ganzes Stück über den Hügelkamm gegangen. Ib lief vor ihnen her, denn er kannte den Weg genau. Man musste nur aufpassen, dass er nicht auf eine Kobra traf und angegriffen wurde. Die Schlangen lebten hier am Fuß der pyramidenförmigen Bergspitze Dehenet. Der Berg war der Göttin Meretseger geweiht, der geflügelten Göttin des Westens und des Totenreiches. Ihr Name bedeutete »Die das Schweigen liebt«. Die Künstler des Dorfes malten sie oft mit dem Kopf oder dem Körper einer Kobra an die Grabwände.

Die Kinder blieben stehen und schauten auf ihr Dorf

hinunter. Die Morgensonne tauchte den Friedhofshügel in honigfarbenes Licht.

Das Dorf selbst lag noch im Schatten. Alle Künstler und Handwerker in den siebzig Häusern unterstanden dem Wesir, dem mächtigsten Mann nach dem Pharao. Es war eine Ehre, das königliche Grab zu bauen, und nur die Besten wurden dafür ausgewählt. Sie arbeiteten in zwei Kolonnen, der »rechten« und der »linken«. Jede Kolonne hatte einen Vorarbeiter, der die Aufsicht führte. Zusammen mit Ramose, dem Obersten Schreiber des Grabes, überwachten die Vorarbeiter den Fortschritt der Arbeit.

»Großvater hat immer gesagt, dass bei uns im Dorf alle dasselbe Ziel haben«, sagte Sherit. »Wir bauen Pharaos Grab so schnell und so schön wie möglich. Falls Pharao unerwartet stirbt, muss sein Haus der Ewigkeit für ihn bereit sein.«

»Und man nennt uns ›Diener am Platz der Wahrheit‹«, fügte Henti hinzu. »Könnt ihr mir mal sagen, wie ein Diebstahl überhaupt hierher passt?«

Nachdenklich kletterten die Kinder den Weg über den Hügelkamm immer höher hinauf. Bald konnten sie die Schlafhütten der Künstler und Arbeiter auf dem Hügel über dem Großen Platz sehen.

»Wir müssen irgendwie hinunter ins Tal zur Baustelle kommen«, sagte Henti.

Sherit nickte. »Fragt sich nur, wie wir von den Schlafhütten aus an der Wache vorbei dorthin kommen.«

»Und was willst du da?«, mischte Merimose sich ein.

»Kenamun beobachten. Gucken, was er macht und was er sagt.«

Merimose lachte. »Sicher. Kenamun wird dir auf der Stelle alles gestehen.«

»Ach was!« Henti schüttelte den Kopf. »Das meine ich doch gar nicht.«

»Nein«, sagte Sherit. Sie verstand ihre Schwester. »Sie meint, dass er vielleicht etwas Auffälliges tut«, erklärte sie Merimose. »Oder er ist völlig unschuldig und man kann es daran merken, wie er sich verhält.«

Das leuchtete Merimose ein. Manchmal glaubte er genau wie die anderen, dass Zwillinge doch magische Kräfte hatten. Vielleicht konnten sie in Menschen hineinsehen oder etwas spüren, was andere gar nicht merkten. Er würde es ja sehen. Und er würde natürlich alles tun, um ihnen bei der Suche nach dem Dieb zu helfen.

»Vielleicht können wir uns ja an der Wache vorbeischmuggeln!«, sagte er nach einer Weile.

»Es wird uns schon was einfallen«, sagte Henti zuversichtlich. »Lasst uns nur schnell die Körbe abliefern.«

Gespannt gingen sie weiter. Die Hütten rechts und links des Weges sahen fast wie ein kleines Dorf aus. Sie waren aus Stein, hatten nur eine Tür und keine Fenster, dafür aber Mattendächer, durch die sie belüftet wurden. Jede Hütte hatte zwei kleine Räume. Im Vorraum standen eine Bank aus Kalkstein und ein Tongefäß mit frischem Wasser. Im zweiten Raum gab es nur ein Lehmziegelbett.

Die Hütten waren an einem der schönsten Orte beim Großen Platz gebaut worden. Von hier oben konnten die Kinder auf der einen Seite über das Tal und auf der anderen Seite weit über den Nil bis zum großen Tempel in Waset schauen.

»Da ist der Tempelkai!«, rief Henti. »Von da aus wird Amun beim Talfest in seiner Barke zu uns herüberfahren.«

»Ich würde es zu gern aus der Nähe sehen«, seufzte Sherit. »Pharao und der Hohepriester des großen Tempels sind dabei und der Wesir und der Bürgermeister …«

»Das wird wohl nicht gehen«, entgegnete Merimose. »Am Kai stehen bestimmt nur die wirklich wichtigen Leute.«

»Außerdem schauen wir von unserem Ufer aus zu und feiern dann in Großvaters Grabmal«, sagte Henti bestimmt. »Deswegen gibt es doch das Talfest! Wenn Amun über den Nil fährt, werden die Geister der Toten mit uns zusammen sein. Auch Großvaters.«

Die Kinder gingen zu Amunnachts Hütte und Merimose stellte seinen Korb neben den Wasserkrug. Amunnacht würde sein Essen finden, wenn er in seiner Mittagspause hierherkam. Sie überquerten die Straße und liefen auf die größte Hütte zu. Ramose brauchte als Schreiber des Grabes einen Raum mehr, in dem er die Berichte an seinen obersten Vorgesetzten, den Wesir, schreiben konnte. Auf der Baustelle machten er und seine Hilfsschreiber sich Notizen auf Kalksteintäfelchen: Wie viele Leinendochte waren zum Beleuchten der unterirdischen Baustelle in den Öllämpchen benutzt worden? Wie viele Kupfermeißel waren stumpf und unbrauchbar geworden? Wer von den Künstlern und Handwerkern war nicht zur Arbeit gekommen? Der Wesir erwartete jede Woche Ramoses Bericht, den er hier auf Papyrus schrieb und dann nach Waset sandte.

Als die Kinder die Hütte betraten, sprang Ib sofort zu Ramose. Die Zwillinge stellten ihre Körbe neben Ramoses Wasserkrug und folgten dem Äffchen. Ramose begutachtete gerade eine Reihe Kalksteintäfelchen und ordnete sie. »Einen Augenblick«, sagte er, »ich bin gleich fertig.« Er sah sich suchend um. »Gib sofort die Binse her, Ib!« Ramose streckte die Hand aus und Ib gab ihm die Binse zurück. Er zeterte nur ein ganz kleines bisschen dabei, denn er hatte großen Respekt vor Ramose. Der tauchte die Binse in Wasser, wischte damit über die schwarze Farbe auf seiner Palette und notierte rasch etwas auf einem Stück Papyrus. Dann drehte er sich zu den Kindern um.

»Sucht ihr Arbeit auf der Baustelle?«, fragte er augenzwinkernd.

»Nein«, antwortete Henti lachend. »Wir haben dir nur dein Essen gebracht.«

»Und Mutter sagt, sie käme übermorgen mit dem Esel und brächte dir frisches Brot und Bier«, fügte Sherit hinzu.

»Das ist schön«, nickte Ramose. »Aber es muss nicht viel sein, denn wir kommen alle in drei Tagen schon zurück ins Dorf. Schließlich müssen wir das Schöne Fest im Wüstental vorbereiten! Ich hoffe nur, die Sache mit dem Diebstahl hat sich bis dahin aufgeklärt.« Er schüttelte nachdenklich den Kopf. »Ach übrigens, Merimose«, fuhr er fort, »Amunnacht lässt dir ausrichten, dass er für drei Tage in der Mittagspause unten in einer Bauhütte beim Grab bleibt. Er muss bis zum Fest noch einen Auftrag fertigstellen.«

Merimose blickte rasch zu Henti und Sherit herüber. Das war die Möglichkeit, auf die sie gehofft hatten! Er reagierte blitzschnell: »Dann bringe ich ihm seinen Korb hinunter zur Bauhütte, damit er etwas zu essen hat«, sagte er und sah Ramose erwartungsvoll an. Der nickte zustimmend mit dem Kopf.

»Ja, natürlich! Und sagt dem Wächter, ihr seid mit meiner Erlaubnis da!«, rief er den Kindern nach. Dann nahm er das nächste Steintäfelchen in die Hand und las seine Notizen.

Rasch holte Merimose den Korb aus Amunnachts Hütte und ging mit den Zwillingen zur Festung direkt hinter dem kleinen Dorf. Auf der einen Seite des Weges stand eine niedrige Mauer, auf der anderen ein Wachhaus. Kein Unbefugter durfte hier hindurch. Auch die Kinder waren noch niemals näher an die Grabbaustelle herangekommen. Aber als Sunero, der Torwächter, von Ramoses Erlaubnis hörte, warf er nur einen kurzen Blick in den Essenskorb und ließ sie passieren. Aus dem Wachhaus kam lautes Schnarchen. Sanehem, der zweite Wächter, schlief fest. Kichernd gingen die Kinder die drei Stufen an der Mauer hinunter, die die Grenze zum Großen Platz bildeten.

Über den steil abfallenden Weg kamen sie zur Baustelle im Tal. Auf den Höhen um sie herum konnten sie weitere Wachhäuschen sehen, von denen aus das Tal und die Baustelle ständig beobachtet wurden.

Die kostbaren Grabschätze in den fertigen Gräbern der verstorbenen Pharaonen hatten schon manchen Dieb angelockt. Und auch in den Magazinen bei der Baustelle lagerten wertvolle Kupferwerkzeuge, Farben für die Maler, Öl und Leinendochte für die Lampen und vieles mehr, was ein Dieb teuer verkaufen konnte. Manche der Dinge waren allein so viel wert wie ein ganzer Monatslohn. Die beiden Vorarbeiter und Ramose waren verantwortlich für die Magazine. Sie führten genau Buch und wussten bis zum kleinsten Pinsel über alles Bescheid. Es fiel schnell auf, wenn etwas fehlte.

Je näher die Kinder der Baustelle kamen, desto lauter wurde es. Mit großen Augen sahen sie sich um. In den Kupferschmieden rauchten die Feuer. Die Schmiede schärften die Kupfermeißel für die Steinbrecher und Bildhauer oder schmolzen unbrauchbare wieder ein, um neues Werkzeug herzustellen. Aus den Bauhütten der Schreiner hörte man das Sägen an den Baugerüsten für die Vorzeichner und Maler. Arbeiter trugen Körbe voller Kalksteinbrocken und Eimer mit Steinscherben hinaus aus der Grabbaustelle und schütteten sie auf große Halden. Zu beiden Seiten des Grabeingangs war eine Mauer gezogen, damit der Schuttberg nicht wieder hineinrutschen konnte.

»Stellt euch vor, ich müsste alle diese Scherben mit Hieroglyphen beschreiben!«, lachte Henti.

»Ja«, grinste Merimose. »Sa und Sat, Sohn und Tochter, oder Sen und Senet, Bruder und Schwester. Es gibt unzählige Möglichkeiten, dich zu ärgern.«

»Nein, nein«, tröstete Sherit ihre Schwester. »Ein paar müsstest du schon übrig lassen. Worauf sollen Vater und seine Schreiber denn sonst ihre Notizen machen? Und guck mal hier!«

Sie bückte sich und hob eine Scherbe auf, die abseits lag. Jemand hatte ein gleichmäßiges Gitternetz daraufgemalt und eine Katze, einen Löwen und einen Steinbock in die Quadrate gezeichnet. Vermutlich ein Vorzeichner, der die Maße der Bilder auf einer Scherbe ausprobiert hatte, damit er sie dann groß an die Grabwände zeichnen konnte.

Merimose ging auf den kleinen, dünnen Hilfsschreiber zu, der in einer eigens für den Schreiber gehauenen Felsnische beim Grab im Schatten saß und seine Notizen machte. Eigentlich war es Ramoses Platz, wie die Hieroglyphen an der Nischenwand verrieten. Aber wenn Ramose seinen Bericht schrieb, dann vertrat einer der Hilfsschreiber ihn und notierte alles, was sich am Grab tat.

»Was wollt ihr hier?«, fragte der Schreiber Merimose unwirsch und musterte ihn von oben herab.

»Wir suchen Amunnacht. Ich muss ihn sprechen.

Ramose hat uns erlaubt herzukommen«, fügte er noch schnell hinzu.

»Nun gut!« Der Schreiber wedelte mit seiner Schreibbinse in Richtung Grabeingang. »Aber seid vorsichtig und weicht den Steinträgern aus. Amunnacht ist beim zweiten Tor, da, wo es nach Farbe riecht.« Seine schmalen Lippen verzogen sich zu einem säuerlichen Lächeln, dann winkte er die Kinder gereizt fort, denn sie versperrten ihm den Blick auf den Grabeingang. »Und haltet den Affen fest!«, rief er ihnen nach. »Unfug können wir hier nicht brauchen!«

Henti drückte Ib an sich und aufmerksam gingen die Kinder durch den Eingang ins Grab hinunter. Öllampen beleuchteten das zweite Tor, über dem die Totengöttinnen Isis und Nephthys eingemeißelt waren und zwischen ihnen der Sonnengott Re in Form einer großen Sonnenscheibe. Pharao würde nach seinem Tod in der Barke des Sonnengottes während der zwölf Stunden der Nacht von Westen nach Osten durch die Unterwelt fahren, bis die Sonnenbarke am nächsten Tag wieder am Himmel aufging. Zu beiden Seiten des breiten Tores kniete Ma'at und schützte den Eingang mit ihren Flügeln.

»Schau mal!«, sagte Sherit. Sie stand bei einem Gerüst an der Wand und zeigte auf eine wunderschöne Ente, die mit einer kleinen Sonnenscheibe auf dem Rücken flach aus dem Stein herausgehauen war.

»Sa Re«, las Henti vor. »Sohn des Re. Das ist einer von Pharaos Titeln. Und wenn ich diese Ente sehe, werde ich ganz neidisch!«

Oben auf dem Gerüst lachte jemand. Es war Amunnacht, der über ihren Köpfen kunstvolle Hieroglyphen bunt bemalte. Er kletterte herunter und begrüßte die Kinder. Während er Merimose beschrieb, in welcher Bauhütte er mittags arbeitete, zupfte Henti ihre Schwester am Kleid. »Ich gehe jetzt Kenamun suchen«, flüsterte sie.

Sherit verstand sofort. Es war unauffälliger, wenn sie bei Merimose und Amunnacht blieb.

»Ist gut! Viel Glück!«, wisperte sie zurück.

Henti ging weiter ins Grab hinunter. Im Gang schlugen die Bildhauer das Gestein um Figuren und Hieroglyphen fort, um sie hervortreten zu lassen. Beim dritten Tor korrigierte Ramoses zweiter Hilfsschreiber mit schwarzer Farbe die Hieroglyphen an den Wänden, damit den Bildhauern keine Fehler passierten. Je tiefer Henti ins Grab hineinging, desto heißer, staubiger und lauter wurde es. Ib duckte sich ängstlich in ihre Arme. Im nächsten Gang waren die Vorzeichner dabei, Pharao und den Gott Re in die roten Raster auf der Wand zu zeichnen. Auch sie arbeiteten bei dem flackernden Licht der Öllampen.

Henti blickte sich suchend um, aber Kenamun konnte sie nirgends entdecken. Wo konnte er nur sein? Nachdenklich ging sie wieder hinauf. Amunnacht sagte ihr, dass Merimose und Sherit schon zurückgegangen wären, und fuhr fort, das Band um einen der Königsnamen zu bemalen.

Kurz vor Amunnachts Bauhütte holte Henti die anderen ein.

»Und?«, fragte Sherit ihre Schwester. »Hast du Kenamun gesehen?«

»Nein, er war nicht da«, antwortete Henti enttäuscht.

»Er wird Ärger bekommen, wenn er schon wieder nicht auf der Baustelle ist!«, sagte Sherit empört.

Sie verließen die Bauhütte und wollten gerade aus dem Tal heraus zu den Schlafhütten zurückgehen, als die Mittagspause der Künstler und Arbeiter begann. Einige legten sich zum Schlafen in den Schatten, andere setzten sich zusammen und begannen zu essen. Die Kinder sahen Amunnacht in die Bauhütte gehen.

Dann hielten sie die Luft an. Kenamun trat aus der Bauhütte gleich nebenan! Was hatte er dadrin zu suchen? Jetzt blickte er sich verstohlen um. Gespannt beobachteten sie, wie er in Richtung Schlafhütten den Berg hinaufstieg. Schnell versteckten sie sich hinter einer Schmiede und folgten ihm dann leise.

»Was macht er denn da?«, fragte Merimose plötzlich. Kenamun zögerte bei Suneros Wachhaus. Und als Sunero nicht herauskam, lief Kenamun schnell die drei Stufen hoch an der Wache vorbei und weiter in seine Schlafhütte.

»Er trägt etwas!«, flüsterte Henti aufgeregt. »Schnell!«

»Ob es der Papyrus ist?«, fragte Merimose.

»Ich kann es nicht erkennen. Er ist zu weit weg!«

Schnell liefen sie zu Kenamuns Hütte und drückten sich an die Wand.

»Wir müssen warten, bis er wieder herauskommt«, wisperte Sherit.

Aus der Hütte waren leise schabende und kratzende Geräusche zu hören. Dann war es still. Nach einiger Zeit kam Kenamun mit leeren Händen wieder heraus und ging, ohne die Kinder zu sehen, an ihnen vorbei zurück zur Baustelle.

»Jetzt!«, flüsterte Henti.

Sie betraten die Hütte und blickten sich suchend um.

»Hier ist nichts«, sagte Merimose. »Wenn er etwas versteckt hat, dann wahrscheinlich im hinteren Raum.«

Er ging voraus. Aber hier stand nur das Lehmziegelbett mit Schlafmatte und Kopfstütze.

»Da!«, rief Merimose plötzlich. »Seht ihr es auch?«

Wo hat Kenamun sein Versteck?

Waset, die Starke

Schemu, Zeit der Ernte, 2. Monat, 3. Tag

Henti und Sherit versuchten am nächsten Morgen alles, um ihre Mutter davon zu überreden, mit ihnen zum Ufermarkt zu gehen. Sie hofften, dass vielleicht der Dicke mit dem Lotosduft noch einmal aus Waset herüberkam! Er musste mit Kenamun unter einer Decke stecken. Aber es war nicht einfach, Hunero zu überzeugen. Da klopfte es und Merimose kam herein.

»Gut, dass du kommst«, rief Hunero erleichtert. »Diese beiden Quälgeister haben sich heute den Ufermarkt in den Kopf gesetzt!«

Sie wusste, dass die Zwillinge sich immer freuten, wenn sie aus dem heißen und staubigen Dorf im Wüstental herauskamen und für ein paar Stunden Dattelpalmenhaine, blühende Gärten, Felder und Feigenbäume sahen. Aber am liebsten war ihnen der Markt direkt beim Kai. Die Frauen vom Platz der Wahrheit tauschten hier Brot, Fisch oder selbst gewebten Stoff gegen Korn oder Öl. Manche boten auch Krüge voller selbst gebrautem Bier an. Man hörte Neuigkeiten von den Schiffern, die ihre Waren hierherbrachten, und vom Kai aus fuhren Boote nach Waset herüber und wieder zurück. Es war lebendig und geschäftig und ganz anders als das Leben im Dorf.

»Schade«, sagte Merimose und grinste verschmitzt, »und ich wollte euch fragen, ob ihr Lust hättet, mit meinem Vater und mir nach Waset hinüberzufahren?«

»Was?«, rief Henti. »Das fragst du noch?«

Sie blickte Sherit aufgeregt an. Das war ja noch besser als der Ufermarkt! In Waset konnten sie den Dicken vielleicht sogar selbst suchen. Sofort bestürmten sie ihre Mutter.

»Wir haben Waset noch nie richtig gesehen!«, jammerte Henti.

»Wir waren doch noch viel zu klein!«, bettelte Sherit.

Endlich willigte Hunero ein. »Aber passt gut auf euch auf!«, ermahnte sie ihre Töchter. »Waset ist eine große Stadt und ganz anders als unser Dorf!«

Die Zwillinge versprachen es ihr sofort.

»Besucht ihr deinen Onkel Hori?«, fragte Hunero Merimose.

»Ja, zu meinem Onkel gehen wir auch. Aber Vater braucht eine besondere Farbe für einen Auftrag, den er noch bis zum Fest erledigen will. Die bekommt er nur in Waset.«

Amunnacht war von seinem Vorarbeiter Kenna beauftragt worden, den Holzsarg für dessen Grab zu bemalen. Es war normal, dass die Künstler und Handwerker sich gegenseitig bei der Ausstattung ihrer eigenen Gräber halfen. Aber der Auftrag eines Vorgesetzten war etwas Besonderes. Natürlich hatte Kenna unter diesen Umständen nichts dagegen, Amunnacht freizugeben, damit er die Farbe besorgen konnte. Vor allem, weil sie auch in den Magazinen nicht vorrätig war und er nicht bis zur nächsten Lieferung nach dem Fest warten wollte.

Henti nahm Ib auf den Arm und schnell machten sich die Kinder auf den Weg.

»Weißt du«, sagte Henti zu Merimose, »eigentlich wollten wir nur zum Ufermarkt, weil die Boote aus Waset dort ankommen.«

»Wir dachten, dass der Dicke vielleicht noch mal hierherkommt«, erklärte Sherit, als sie Merimoses fragendes Gesicht sah. »Der mit der Perücke und dem Lotosduft.«

»Der dürfte auf jeden Fall nicht mehr ins Dorf!« Merimose schüttelte den Kopf. »Hauptmann Nehesi hat Horimin solchen Ärger gemacht, dass der ihn bestimmt nicht noch mal durchlässt.«

»Er muss etwas mit Kenamuns Geheimnis zu tun haben!«, überlegte Henti.

Die anderen nickten. Sie hielten Kenamun nach ihrem Fund in seiner Hütte für noch verdächtiger. Merimose hatte gestern als Erster gesehen, dass ein Ziegel an Kenamuns Bett locker saß. Er verschloss ein Versteck. Und das Versteck war nicht leer gewesen!

»Wie kann Kenamun so was tun!«, rief Sherit jetzt. »Ich verstehe das nicht!«

»Dieser gemeine Kerl!«, schimpfte Henti. »Was will

60

er überhaupt mit den beiden kleinen Holzstatuen im Versteck?«

Sie waren sehr erschrocken gewesen, als sie zwei Figuren in dem Hohlraum hinter den Ziegeln entdeckt hatten.

»Keine Ahnung«, antwortete Merimose. »Das müssen wir herausbekommen.«

»Das Schlimmste ist, dass die Statuen mit Pharaos Namen beschriftet sind«, sagte Henti. »Sie sind für sein Grab bestimmt!«

»Dann ist er nicht mehr zu retten!«, rief Sherit. »Pharao zu bestehlen wird mit dem Tod bestraft!«

»Aber was soll das alles?«, fragte Merimose. »Kenamun ist ein ehrlicher Mensch und plötzlich stiehlt er Dinge, die tödlich für ihn sind, wenn man sie bei ihm findet. Warum bestiehlt er jetzt ausgerechnet auch noch Pharao?«

»Das hat bestimmt mit dem Dicken zu tun«, sagte Sherit überzeugt. »Merit hat ja auch gesagt, dass sie ihn nicht leiden kann.«

»Nicht riechen kann!«, grinste Henti und legte dann einen Finger auf den Mund. Amunnacht stand schon vor seiner Tür und wartete auf sie. Noch brauchte niemand zu wissen, dass sie auf eigene Faust den Diebstahl von Neferhoteps Papyrus aufklären wollten. Sogar Ramose wollte nichts unternehmen, weil er nicht daran glaubte, das Kenamun der Dieb war. Niemand würde sie unterstützen. Und vielleicht steckte ja sogar noch mehr hinter der ganzen Sache!

Gemeinsam gingen sie den Weg hinunter zum Nil. Sie passierten einen Wachposten am Ausgang ihres Tales und liefen am Millionenjahrhaus des Pharao Amenhotep vorbei. Es war einer der Totentempel der vergangenen Pharaonen, die der Gott Amun beim Talfest besuchen würde.

Als sie an der langen Umfassungsmauer vorbeigegangen waren, konnten sie die beiden riesigen Standbilder Amenhoteps sehen, die den Eingang zum Tempel beschützten. Und gleich darauf begann der Weg, der neben einem Bewässerungskanal über die Felder zum Ufermarkt am Nil führte.

Plötzlich rannte Merimose los. Er nahm Anlauf und sprang mit einem Riesensatz auf den Feldweg.

»Erster!«, rief er.

Es war ein Spiel, das die drei Kinder spielten, solange sie denken konnten. Sie nannten es »Sprung aus der Wüste«. Bei der jährlichen Überschwemmung kam das Wasser des Nil genau bis hierher und zog eine scharfe Linie zwischen grünem, fruchtbarem Land und sandigem Wüstenboden. Ging die Überschwemmung wieder zurück, hielten die Bauern das Land mit Bewässerungsgräben feucht, damit Korn, Gemüse und Dattelpalmen wachsen konnten. Es war wirklich möglich, mit einem großen Satz aus der Wüste ins fruchtbare Land zu springen. Und das taten die Zwillinge jetzt auch, begleitet von Ibs lautem Gezeter.

Amunnacht lachte. »Ihr werdet nie erwachsen, wenn das so weitergeht!«, sagte er.

»Das werden wir noch machen, wenn wir Großmütter sind!«, versicherte ihm Sherit.

»Wenn ihr dann überhaupt noch springen könnt!«, grinste Merimose.

»Aber du!«, rief Henti und jagte ihn mit Sherit den Weg hinunter an den Eseln der Wasserträger und an Feldern und Obsthainen vorbei, auf denen die Erntearbeit in vollem Gang war. Die Bauern pflückten Feigen, gruben Zwiebeln aus und schnitten Getreide. Das Korn brachten sie nach dem Dreschen in Säcken in die Kornspeicher. Schreiber beaufsichtigten sie und notierten sich die Anzahl der Säcke genau.

Als sie am Ufer ankamen, war der Markt in vollem Gang. Boote lagen am Kai und Fischer hielten in ihren leichten Papyrusbooten nach Leuten Ausschau, die nach Waset hinübergefahren werden wollten. Amunnacht winkte einem von ihnen zu und der Fischer ruderte sie mit der Strömung hinüber zum Stadtkai von Waset. Sie fuhren an den Hafenanlagen vorbei, wo große Handelsschiffe aus fremden Ländern festgemacht hatten. Je näher sie kamen, desto lauter wurde es. Befehle in verschiedenen Sprachen klangen zu ihnen herüber, Segel wurden eingeholt oder gehisst und Schiffe entladen.

Als Amunnacht und die Kinder am Stadtkai ausstiegen, war es nur noch ein kleines Stück bis zum Markt von Waset. Das Schauspiel, das sich ihnen bot, verschlug ihnen den Atem. Die einfachen Stände mit den Körben voller Gemüse, Obst oder Fisch sahen aus wie auf der anderen Seite des Nil. Aber an den großen Ständen wurden Waren angeboten, die die Kinder in solchen Mengen noch nie gesehen hatten: Gewürze, Holz, ein seltsames, schwarz glänzendes Metall, das Eisen hieß und von weit her kam, Werkzeuge aus Kupfer, Möbel, fein gewebte Stoffe, Perücken, Duftöle, Schmuckstücke und sogar Spielzeug. Es herrschte ein fürchterliches Gedränge. Unwillkürlich drückte Henti Ib fester an sich. Wenn er ihr jetzt aus den Armen spränge, würde sie ihn bestimmt nie wieder finden!

Waset füllte sich allmählich mit Menschen von über-

all her. Sie kamen, um hier in ein paar Tagen das Schöne Fest im Wüstental mitzuerleben. Manche von ihnen warfen Henti und Sherit erschrockene Blicke zu und wichen ihnen aus. Aber die beiden wussten, wie sehr sie auffielen und dass es außerhalb ihres Dorfes Menschen gab, die an magische Kräfte von Zwillingen glaubten und sich davor fürchteten.

Amunnacht fand schließlich nach vielem Suchen den Stand mit den Farbgesteinen. Er kaufte einen großen Malachit, den er zu Pulver zerrieben und mit Wasser gemischt für die sattgrüne Farbe der Jugend und Gesundheit benutzen wollte. Vorsichtig steckte er ihn in seinen Leinenbeutel. Sie waren alle froh, das Marktgedränge hinter sich zu lassen, als Amunnacht den Weg zum großen Tempel einschlug. Dort in der Nähe wohnte Amunnachts Bruder Hori, Schreiber des Bürgermeisters von Waset.

Plötzlich stieß Henti ihre Schwester an und zeigte an der Tempelmauer der Muttergöttin Mut vorbei. Sherit reckte den Hals und begriff sofort, was Henti meinte: Da vorn eilte der Dicke, der bei Kenamun gewesen war, in Richtung der Verwaltungsgebäude! Was für ein Zufall! Sherit drehte sich schnell zu Merimose um. Aber als sie ihm den Dicken zeigen wollte, war der merkwürdige Fremde schon längst im Gedränge verschwunden.

»Was gibt es denn?«, fragte Amunnacht.

Henti zuckte die Schultern. »Wir dachten, wir hätten jemanden wiedererkannt.«

»Hier in Waset?«, fragte Amunnacht erstaunt, aber er

wartete nicht mehr auf eine Antwort, denn sie waren vor Horis Haus angekommen. Henti und Sherit wären natürlich am liebsten sofort dem Dicken gefolgt, um herauszubekommen, wohin er gegangen war, so aber blieb ihnen nichts anderes übrig, als mit großen Augen die Fassade hinaufzuschauen.

Es war eine ehrenvolle Stellung, in der Hori beim Bürgermeister von Waset arbeitete, und sie wurde sehr gut bezahlt. Deshalb war es kein Wunder, dass er in einem Haus lebte, das denen am Platz der Wahrheit überhaupt nicht ähnlich sah. Es war ein großes Haus. Für Henti und Sherit war es sogar riesig, denn es hatte zwei Stockwerke. Ein Diener öffnete auf Amunnachts Klopfen und sie traten in einen kühlen Eingang. Hohe grüne Pflanzen standen rechts und links von der Tür zum nächsten Raum. Aus einer Reihe Fenster hoch oben in der Wand fiel Licht auf sie. Neben dem Eingang führte eine Treppe hinauf zu den beiden oberen Stock-werken und schließlich aufs Dach.

Während die Zwillinge sich noch staunend umblick-ten, schaute hinter einem der großen Pflanzentöpfe plötzlich ein neugieriges Gesicht hervor. Amunnacht entdeckte es als Erster.

»Du kannst herauskommen, Hapimen«, rief er belus-tigt. »Wir sind es nur.«

»Amunnacht, bist du das?«, rief eine Frauenstimme, aber sie wurde von einem schrecklichen Löwengebrüll übertönt.

Die Zwillinge sahen sich an und fingen an zu lachen.

Das Haus war vielleicht größer als die Häuser am Platz der Wahrheit, aber die kleinen Kinder spielten mit den gleichen Dingen wie bei ihnen zu Hause. Und richtig: Hapimen krabbelte hinter dem Pflanzentopf hervor und ließ seinen Holzlöwen Amunnacht in den Zeh beißen. Der sprang zu Hapimens Freude ein bisschen auf einem Bein herum, als ob ihm der Zeh sehr wehtäte, und dann durften er und die Kinder am Löwen und an Hapimen vorbei in den Wohnraum gehen. Hedjet, Horis Frau, kam freudestrahlend auf sie zu.

»Wie schön, dass dein Zeh noch dran ist!«, sagte sie und umarmte ihren Schwager. »Und wie schön, dass ihr uns besucht!« Sie umarmte auch Merimose, der ihr die Zwillinge vorstellte.

»Und wer von euch ist nun Sherit und wer Henti?«, fragte Hedjet verwirrt.

Sherit lachte und erklärte ihr den Einfall ihrer Mutter mit den Jugendlocken.

»Das ist eine sehr gute Idee!«, lobte Hedjet und wandte sich dann wieder an ihren Schwager. »Hori ist im Garten! Kommt doch mit mir.« Sie drehte sich zur Treppe. »Imhotep! Amunnacht und Merimose sind hier! Und sie haben noch jemanden mitgebracht!«

Sofort hörte man Poltern auf der Treppe und kurz darauf kam Imhotep, Merimoses Cousin, in den Raum. Die beiden waren zwar miteinander verwandt, aber unterschiedlicher hätten sie nicht sein können. Imhotep war kleiner als Merimose und lange nicht so sportlich, das konnte man sehen. Dafür verrieten die schwarzen

Farbflecken an seinen Fingern, dass er seine Schreiberausbildung sehr ernst nahm und auch zu Hause Hieroglyphen übte. Trotzdem mochte sogar Henti ihn auf Anhieb, denn er hatte das freundlichste und lustigste Gesicht, das sie je gesehen hatte.

»Können wir uns Waset ansehen, während du mit Hori sprichst?«, fragte Merimose seinen Vater und erntete einen dankbaren Blick von den Zwillingen. Vielleicht hatten sie ja noch einmal Glück und begegneten dem Dicken!

Imhotep blickte seinen Onkel erwartungsvoll an. »Ich könnte ihnen alles zeigen«, bot er an, als Amunnacht zögerte.

»Wenn Imhotep dabei ist, können sie sich auch nicht verlaufen«, beruhigte Hedjet ihren Schwager.

»Na gut!«, antwortete Amunnacht endlich. »Aber kommt vor Sonnenuntergang zurück, damit uns noch ein Fischer hinüberfährt!«

Er folgte Hedjet in den Garten. Imhotep nahm Melonenscheiben für alle aus einer Obstschale und die Kinder traten aus dem Haus.

»Um was für ein Geheimnis geht es denn?« Imhotep schloss die Haustür hinter sich, biss herzhaft in sein Stück Melone und sah die drei vom Platz der Wahrheit fragend an.

»Wieso?«, fragte Henti verblüfft. »Was meinst du?«

»Na ja, wenn Leute über den Nil gefahren sind und sich durch das Gedränge auf dem Markt gekämpft haben und das alles bei der Hitze, dann ist es schon seltsam, wenn sie gleich wieder wegwollen und nicht viel lieber ihre Melone bei uns im Garten essen.«

Imhotep war nicht nur freundlich, er war offenbar auch klug. Merimose und die Zwillinge schauten sich kurz an.

»Du wirst staunen«, sagte Merimose dann und zusammen mit den Zwillingen weihte er seinen Cousin in alles ein, was sie bisher im Fall des verschwundenen Papyrus erlebt hatten. Imhotep pfiff leise durch die Zähne.

»Ich glaube, ich weiß, wer der Dicke mit dem Lotosduft ist«, grinste er.

»Du kennst ihn?«, riefen Henti und Sherit gleichzeitig.

»Sieht diese Perücke, die er trägt, ein bisschen seltsam aus?«, wollte Imhotep wissen.

»Das kann man wohl sagen!«, antwortete Sherit. »Überall fehlen Wachsperlen und Zöpfchen. Und außerdem steht sie so komisch ab. Als wäre sie viel zu klein für ihn.«

»Das ist sie auch«, lachte Imhotep. »Sie war einmal eine Festperücke des Bürgermeisters Hunefer. Er hat sie dann seinem Diener Teti geschenkt und der trägt sie jetzt täglich. Manche glauben, er kriegt sie schon gar nicht mehr vom Kopf und hat sie sogar beim Schlafen auf!«

»Ein Diener mit Perücke?«, fragte Henti verblüfft. »Teti muss wichtig für Hunefer sein, sonst dürfte er das nicht!«

Imhotep schlug den Weg zu den großen Stadthäusern

der Würdenträger ein. Dort wohnte auch der Bürgermeister. Sie überquerten die breite Straße, die zu beiden
Seiten mit Hunderten von Tierfiguren eingefasst war.
Liegende Löwen mit Widderköpfen blickten starr ge-
radeaus. Zwischen ihren Tatzen standen kleine Figuren
des Pharao, den sie beschützten. Der Widder, so wussten die Kinder, war eine der Gestalten, die der Gott
Amun annehmen konnte. Die Straße führte von seinem
Tempel weiter zu dem kleineren Amunheiligtum ganz
im Süden der Stadt. Sie schien endlos zu sein. Wie
musste sie erst beim Opet-Fest aussehen, einem der
wichtigsten Feste des Landes, bei dem Amun seine
Kraft und Macht auf Pharao übertrug! Hunderte von
Menschen begleiteten den Gott in einer langen, feierli-
chen Prozession über die Straße, wenn seine Barke vom
großen Tempel zu seinem Heiligtum am Nilufer ent-
langgezogen wurde.

»Jetzt verstehe ich, warum es ›Waset, die Starke‹
heißt!«, sagte Sherit hingerissen.

Waset war die Schutzgöttin der Stadt, die mit Pfeil
und Bogen oder sogar einer Streitaxt auf den Tempel-
wänden dargestellt war. Sie verkörperte Macht, Reichtum und Stärke ihrer Stadt. Die Zwillinge konnten sich
zwar an ihren ersten Besuch in Waset kaum noch erinnern. Aber sie hatten immer wieder versucht, sich vor-
zustellen, wie groß die Tempel wirklich waren, wenn
sie sie von den Schlafhütten oder vom Ufermarkt aus
erkennen konnten. Und jetzt sahen sie riesige steinerne
Tempeltore aufragen. Lange Baumstämme waren in die

Wände eingelassen, von denen beim Talfest Fahnen wehen würden. Alles war beeindruckend und einzigartig und fast zu viel für sie.

»Wir müssen hier entlang«, sagte Imhotep, der den Anblick gewohnt war, und führte sie in dieselbe Richtung, in der sie den dicken Teti hatten verschwinden sehen. An Verwaltungsgebäuden und Gesandtschaften anderer Länder gingen sie vorbei und dann an der Ostseite des Amuntempels, bis sie zu den niedrigeren Häusern des ältesten Teils von Waset kamen. Dahinter standen die großen Stadthäuser. Auch hier im Norden des Amuntempels drängten sich die Menschen. Die Kinder kamen nur langsam voran.

Plötzlich blieb Merimose stehen.

»Seht mal da!«, sagte er leise zu den anderen.

»Was macht der denn hier?«, staunte Henti.

»Und was trägt er da unter dem Arm?« Sherit reckte den Hals.

Imhotep schaute die anderen verständnislos an.

»Von wem redet ihr?«, fragte er schließlich.

*Wen haben Merimose und die Zwillinge
im Gedränge entdeckt?*

Im Haus des Bürgermeisters

Los! Hinterher! Er darf uns nicht entwischen!« Merimose rannte los. Es war nicht leicht, Kenamun durch das Gewimmel zu folgen. Er bog vom Amuntempel aus in eine Gasse der Altstadt von Waset ein. Zwei Händler versperrten den Kindern die Sicht mit einem großen Netz voller zappelnder Fische, das zwischen ihnen an einem Stock hing. Dann mussten sie einem Esel ausweichen, der mit Kornsäcken beladen durch die Gasse trottete. Ein Schreiber mit seiner Palette und einer Papyrusrolle unter dem Arm stritt sich mitten auf dem Weg mit einem Händler herum, der Enten gejagt hatte und sie jetzt an einen Stock gebunden ohne Erlaubnis zum Verkauf anbot. Die beiden dachten gar nicht daran, Platz zu machen.

»Wo ist dieser Kerl jetzt?«, keuchte Imhotep. »Ich kann ihn nicht mehr sehen!«

»Ich aber«, beruhigte der größere Merimose ihn. »Da vorne geht er. Kommt!«

Kenamun lief zielstrebig die Gasse hinunter. Er schien sich sicher zu fühlen, denn er blickte sich nicht ein einziges Mal um. Vor den Häusern spielten Kinder Bockspringen. Ein Hund verfolgte eine Katze, die sich fauchend zu ihm umdrehte. Aber beide stoben erschrocken in verschiedene Richtungen davon, als Ib von Hentis Arm laut auf sie herunterzeterte. Schnell beruhigte Henti das Äffchen. Kenamun durfte sich wegen des Lärms nicht umdrehen und sie entdecken!

Schließlich kamen sie zu einem schattigen Platz unter hohen Palmen. Hier standen die Häuser der Würdenträger. Sie waren prächtiger als alle Wohnhäuser, die Henti und Sherit jemals gesehen hatten. Hohe Mauern umgaben die Häuser mit ihren großen Gärten. Die wuchtigen Eingangstore waren ähnlich gebaut wie die der großen Tempel, nur viel niedriger. Die Menschen, die hier wohnten, mussten sehr reich sein.

Die Kinder beobachteten hinter Büschen versteckt, wie Kenamun auf eines der Tore zuging.

»Er will zu Hunefer, dem Bürgermeister«, sagte Imhotep aufgeregt. »Ich kenne das Haus. Ich bin oft mit meinem Vater hier.«

Seit einiger Zeit durfte Imhotep seinen Vater bei dessen Arbeit begleiten, damit er mehr über den Beruf des Schreibers lernte. Hori wurde von Hunefer immer dann in die Räume seines Privathauses gerufen, wenn er Briefe für den Bürgermeister schreiben musste, von denen nicht jeder wissen sollte. Die Wände in den Verwaltungsgebäuden hatten manchmal Ohren, wenn Vorgesetzte ihren Schreibern diktierten, und über manche Dinge musste ja nicht unbedingt jeder Bescheid wissen.

»Wir müssen da rein!«, zischte Henti. Es fiel ihr schwer, leise zu bleiben.

»Aber wie?«, fragte Sherit. »Das Tor ist bewacht!«

»Es gibt einen kleinen Seiteneingang.« Imhotep zeigte an der Mauer vorbei. »Er führt in den Garten – wenn er nicht verriegelt ist, haben wir kein Problem.«

Kenamun hatte inzwischen das Tor erreicht und sprach mit einem der Wächter, der ihn in den Garten begleitete. Sofort rannten die Kinder am Tor vorbei um die Mauer herum zu dem Seiteneingang, den Imhotep beschrieben hatte. Er war hinter den Pflanzen, die an der Mauer wuchsen, kaum zu sehen. Und sie hatten Glück! Das kleine Seitentor war offen!

»Ist das nicht leichtsinnig?«, fragte Sherit erstaunt. »Warum steht ein Wächter vor dem großen Tor, wenn man hier so einfach hereinkommt?«

»Der älteste Sohn des Bürgermeisters ist der einzige im Haus, der weiß, dass die Tür offen ist. Ich habe ihn beobachtet. Er verschwindet manchmal gern, ohne dass es jemand erfährt«, erklärte Imhotep. »Noch hat sein Vater es nicht gemerkt und ich verrate ihn nicht. Aber wenn es Hunefer irgendwann auffällt, dann gibt es Ärger, das kannst du mir glauben!«

»Glück für uns«, grinste Merimose zufrieden.

Imhotep öffnete vorsichtig die Tür.

»Es ist niemand zu sehen. Schnell!«

Die Kinder huschten hinein und duckten sich hinter

die Pflanzen. Henti und Sherit blickten sich staunend um. An der Gartenmauer entlang standen hohe Bäume und überall blühten Blumen. In gemauerten Teichen rechts und links vom Eingangstor ragten weiße und rosafarbene Lotosblüten aus dem Wasser. Näher am Haus standen sich zwei kleine Tempel für die Hausgötter gegenüber. Zwischen den Teichen erstreckte sich eine große Weinlaube, in deren Schatten man sich ausruhen konnte. Sie war durch Gartenwege von den Teichen getrennt. Das Haus selbst stand am entgegengesetzten Ende des Gartens, dem Eingangstor genau gegenüber. Es hatte zwei Stockwerke wie Horis Haus, war aber breiter gebaut. Drei große Türen führten vom Garten hinein. Die Fenster waren aus Schutz vor der Hitze nur klein, aber sie ließen Licht in die Wohnräume. Auf dem flachen Dach konnten die Kinder wie bei allen Häusern ein großes Sonnensegel erkennen.

»Da!«, flüsterte Imhotep. Kenamun und der Wächter tauchten auf dem Weg zum Haus hinter der Weinlaube auf und gingen auf die mittlere der drei Türen zu.

»Warum gehen sie nicht gleich ins Haus?«, fragte Henti leise. »Die rechte Tür steht doch auf!«

»Der Wächter muss Besucher am Eingang melden«, antwortete Imhotep. »Niemand darf einfach so ins Haus.«

Und so war es. Der Wächter klopfte, und als die Tür sich öffnete, erschien Teti mit seiner Perücke im Eingang. Er ließ Kenamun ins Haus und schickte den Wächter zurück zum Eingangstor. Was ging hier vor? Was wollte Kenamun mit seinem Bündel beim Bürgermeister? Die Kinder warteten, bis sie den Wächter durch das Tor wieder nach draußen gehen sahen, und rannten dann, so schnell sie konnten, an einem der Teiche vorbei in die Weinlaube. Dort war es schattig und kühl. Ein kleiner Tisch und eine Bank aus Stein verrieten, dass Hunefers Familie sich hier gerne aufhielt. Über den Köpfen der Kinder hingen saftige blaue Trauben von den Ranken. Henti hielt Ib fest, damit er nicht auf dumme Gedanken kam. Jedes Geräusch hätte sie verraten, denn der Garten lag still und verlassen da.

Sie schlichen so nah wie möglich ans Haus. Hinter Ranken versteckt spähten sie durch die offene Tür, aber der Raum dahinter lag zu sehr im Schatten. Sie konnten nicht mehr tun, als abzuwarten. Gespannt achteten sie auf jedes Geräusch. Ein leises Plätschern in den Teichen, wenn ein Fisch an die Wasseroberfläche schwamm. Eine Biene, die um die Trauben summte. Ein Vogel, der vor der Hitze in die schattigen Bäume flüchtete.

Und dann passierte es. Alle vier fuhren erschrocken zusammen, als plötzlich im ersten Stock eine Stimme losbrüllte.

»Hunefer tobt!« Imhotep hatte sich als Erster von seinem Schrecken erholt. »Kenamun hat bestimmt irgendwas gesagt, was Hunefer nicht gefällt. Dann tobt er immer.«

»Vielleicht gefällt ihm auch nicht, was Kenamun in seinem Bündel mitgebracht hat«, wisperte Henti.

»Ich kann mir schon denken, was es ist«, sagte Sherit leise. »Wir müssen nur herausfinden, ob es auch stimmt!«

»Ja natürlich, die Statuen aus dem Versteck!« Die Erkenntnis traf Merimose wie ein Blitz.

Sherit nickte. »Schhh, seid still!«, flüsterte sie. »Vielleicht sagt er was darüber.«

Gebannt lauschten die Kinder auf die zornige, hohe Stimme des Bürgermeisters, die sich fast überschlug.

»Zu dumm!«, flüsterte Henti ärgerlich. »Man versteht ja nichts. Hier!« Sie gab der überraschten Sherit das Äffchen, schlich aus der Laube und lief leise durch die offene Tür ins Haus. Alles geschah so schnell, dass die anderen erst zu spät merkten, was sie vorhatte.

»Nein!«, rief Sherit leise. »Tu das nicht!« Aber Henti war schon verschwunden.

»Ist sie verrückt geworden?« Merimose setzte sich vor Schreck hin. »Und wenn sie jetzt erwischt wird?«

»Mit dem Bürgermeister ist nicht zu spaßen«, flüsterte Imhotep, genauso erschrocken wie er. »Vor allem, wenn wir wie die Einbrecher in seinem Garten und in seinem Haus herumspazieren.«

Während sie ängstlich die Tür beobachteten, durch die Henti verschwunden war dauerte das Geschrei im ersten Stock an: Hunefer stritt sich also immer noch mit Kenamun. Und irgendwo mittendrin war Henti!

»Beschütze sie, Renenutet!«, wisperte Sherit und drückte Ib ängstlich an sich. »Möge dein Blick die Feinde meiner Schwester verdorren lassen!«

Als hätte die Schutzgöttin der Kinder sie gehört, war auf einmal alles still. So still, als wäre überhaupt niemand im Haus. Ängstlich lauschten die Kinder weiter, aber nichts geschah. Nach einer Weile schlug plötzlich irgendwo eine Tür zu. Kurz danach trat Hunefer persönlich in seinen Garten. »Später, später!«, rief er ungeduldig ins Haus zurück und eilte auf die Laube zu. Die Kinder hielten die Luft an, aber er stapfte mit zornrotem Gesicht über den Gartenweg an ihnen vorbei zum Eingangstor und ging hinaus.

Nach einer Weile verließ Kenamun ohne sein Bündel das Haus durch die mittlere Tür. Auch er ging, ohne die Kinder zu entdecken, zum Eingangstor.

»Habt ihr sein Gesicht gesehen?«, fragte Merimose erstaunt.

Sherit nickte nur, aber Imhotep sagte: »Er sah so zufrieden aus. Sehr erstaunlich nach dem Geschrei vorhin.«

Sherit hatte andere Sorgen. »Wo bleibt Henti nur?«

Aber Henti kam nicht. Schließlich hielt Sherit es nicht mehr aus. »Wir müssen sie suchen!«, sagte sie. »Ohne sie gehe ich hier nicht weg.«

»Was meinst du«, fragte Merimose seinen Cousin. »Ist außer Teti noch jemand im Haus?«

»Hunefers Familie ist wohl nicht da, denn sonst wäre sie bestimmt jetzt im Garten in dieser Laube. Die Diener arbeiten um diese Zeit immer hinter dem Haus im Küchenhof und bei den Vorratslagern. Sie können sich keine Pause leisten. Hunefer ist ein Feinschmecker. Er isst gerne und gut, aber man kann es ihm nie recht machen.«

»Dann könnten wir versuchen hineinzugehen? Vielleicht bemerkt Teti uns ja nicht!«

»Versuchen können wir es«, nickte Imhotep.

Die beiden Jungen sahen Sherit an. »Kommst du mit?« Was für eine Frage! Sherit holte tief Luft. »Ja sicher. Ich hab doch gesagt, dass ich ohne Henti hier nicht weggehe!«

Ohne zu zögern, drückte sie Ib an sich und lief aus der Laube auf die offene Tür zu. Die beiden Jungen folgten ihr. Aber kaum waren sie drinnen, blieben sie wie angewurzelt stehen.

Der dicke Teti drehte sich zu ihnen um und sah genauso erschrocken aus wie sie. Die Kinder dachten schon, dass er sie anbrüllen und fragen würde, was sie hier zu suchen hätten. Aber etwas ganz anderes passierte. Teti starrte Sherit an. Dann fing er so sehr an zu zittern, dass die verbliebenen Perlen und Zöpfchen an seiner Perücke bebten.

»Amun schütze mich!«, wisperte er immer wieder. »Amun schütze mich!«

»Was ist los mit dir, Teti?«, fragte Imhotep beherzt. Schließlich war er der Einzige, der den Diener kannte.

Verstört blickte Teti den Jungen an. »Da ... da ist ein Geist!«, flüsterte er mit schlotternden Knien und zeigte auf Sherit. »Das Mädchen. Sie ... sie kann nicht hier sein. Ich habe sie doch ... ich habe sie doch eben erst eingesperrt!«

Sherit begriff die Verwechslung sofort.

»Wie kommst du dazu«, herrschte sie Teti an, »mich in dieses dunkle Loch zu werfen? Auf der Stelle holst du mich wieder heraus!«

Merimose und Imhotep waren genauso verblüfft wie Teti. Dann begriffen sie: Geschickt! Eine Zwillingsschwester zu haben war manchmal gar nicht so schlecht. Vor allem, wenn andere sich so sehr davor fürchteten wie Teti. Der wand sich verzweifelt und versuchte den »Geist« zu besänftigen.

»A-aber«, stotterte er, »aber ich habe dich doch in kein dunkles Loch geworfen, Amun schütze und behüte mich! Ganz im Gegenteil!«

Drohend reckte sich Sherit in die Höhe. »Wieso tun mir dann alle Knochen weh?« Sie spielte ihre Rolle wirklich ausgezeichnet. Mit beiden Händen wehrte Teti die Frage ab.

»Verzeih mir, wenn ich unsanft war«, bat er zitternd, »aber du wolltest doch nicht von allein der Sonnenbarke des Re nahe sein! Was sollte ich tun? Ich …«

Teti konnte nicht weitersprechen. Schwankend verdrehte er die Augen und fiel schließlich mit einem langen Seufzer in eine tiefe Ohnmacht. Sherit sackte wie nach einer großen Anstrengung in sich zusammen.

»Unglaublich!«, flüsterte Merimose und klopfte ihr auf die Schulter. »Du warst unglaublich!«

»Nur ein bisschen Zwillingsmagie!«, sagte Sherit tapfer und brachte ein zittriges Lächeln zustande.

Imhotep blickte auf den ohnmächtigen Teti hinunter.

»Wenn er wüsste, dass seine Perücke verrutscht ist!«, grinste er. »Und wo sollen wir Henti jetzt suchen?«

»Das ist doch wohl klar!«, sagte Merimose. Zielstrebig lief er voraus.

Wohin hat der Diener Henti gebracht?

Wo steckt Ib?

Schemu, Zeit der Ernte, 2. Monat, 3. Tag

Die Kinder folgten Merimose aus dem Gartenzimmer in die Vorhalle, durch die Kenamun ins Haus gegangen war. Dort blieb Merimose stehen und blickte sich suchend um. Dann ging er weiter durch die nächste Tür. Sherit machte sich solche Sorgen um ihre Schwester, dass sie den hohen Raum mit den prachtvollen Säulen, in dem sie standen, kaum bemerkte.

Durch die vergitterten Fensteröffnungen hoch oben fiel so viel Licht hinein, dass die Kinder die warmen, leuchtenden Farben an den Wänden erkennen konnten. Auch die Säulen in Form großer, geschlossener Lotosblüten waren reich verziert. Ein buntes Pflanzenband zog sich dicht an der Decke entlang. Darunter waren Tierszenen an die Wände gemalt.

Es fühlte sich ganz wunderbar unter den Füßen an, über die kühlen Steine des Bodens zu laufen. Hier war nichts von dem Sand und Staub war zu spüren, mit dem die Menschen am Platz der Wahrheit unablässig zu kämpfen hatten.

Und um sich auszuruhen, benutzte man hier auch etwas anderes als eine getünchte Liege aus Lehmziegeln. Bei einer Pflanzengruppe in der Mitte des Raumes standen kleine Tische und geschnitzte und bemalte Stühle und Schemel, auf die sich Hunefer mit seinen Gästen setzen konnte. Ein besonders bequem aussehender Lehnstuhl hatte sogar Löwenfüße und vergoldete Verzierungen. Wahrscheinlich gehörte er dem Bürgermeister.

Merimose spähte in jede Ecke und fand endlich, wonach er suchte. Er winkte Imhotep und Sherit zu einem Durchgang zwischen zwei Säulen und zeigte eine Treppe hinauf.

»Da oben muss Henti sein«, flüsterte er. »Teti hat gesagt, dass sie nicht freiwillig *der Sonnenbarke des Re nahe sein* wollte.«

»Natürlich!«, sagte Imhotep und schlug sich vor die Stirn. »Wie dumm von mir. Sie muss auf dem Dach sein!«

Kaum hatte Sherit das gehört, packte sie Ib fester und rannte die Stufen hinauf, vorbei an dem Stockwerk mit den Räumen des Bürgermeisters und vorbei am nächsten Stockwerk mit den Schlafzimmern der Familie. Die Jungen konnten ihr kaum folgen. Noch ein paar Stufen und sie standen oben auf dem Dach.

Viele verschiedene Schlafmatten, Tücher und Kissen lagen dort und noch mehr Schemel und Stühle standen herum, aber wo war Henti?

»Mmmhhh!«

»Habt ihr das gehört?«, flüsterte Sherit. »Henti!«, rief sie leise. »Wo bist du?«

Und sie hörten noch einmal eindringlicher: »Mmmhhh!«

»Da ist sie!«

Imhotep lief hinter einen hohen Lehnstuhl, der genauso aussah wie der mit den Löwenfüßen weiter unten im Haus.

Und da war Henti! Teti hatte ihr den Mund mit einem Stück Leinen zugebunden und sie so in Tücher gewickelt und verknotet, dass sie fast aussah wie eine Mumie. Schnell befreiten die Kinder sie, sogar Ib zerrte an dem Stoff herum und sprang Henti dann um den Hals, als sie sich wieder bewegen konnte. Aber Henti nahm ihn kaum wahr.

»Dieses nach Lotos stinkende Ungeheuer!«, schimpfte sie los. »Dieser gemeine ...«

»Später!«, unterbrach Merimose sie. »Macht schnell! Weg hier! Wer weiß, wie lange Teti noch ohnmächtig ist!«

Henti blickte ihre Freunde fragend an.

Doch Merimose zog sie auf die Füße. Henti schwankte erst etwas unsicher, dann rannte sie gemeinsam mit den anderen Kindern die Treppe hinunter durch den großen Raum und in das Zimmer mit der offenen Gartentür, wo Teti immer noch reglos auf dem Boden lag. Er würde wohl noch eine Weile ohnmächtig bleiben, der Schock war offenbar zu viel für ihn gewesen.

Draußen in der Laube mussten sie erst einmal nach Luft schnappen.

»Woher wusstet ihr, wo ich bin?«, fragte Henti, die sich inzwischen ein wenig beruhigt hatte. »Und wieso ist Teti ohnmächtig? Was habt ihr mit dem Ungeheuer gemacht?« Ihre Stimme überschlug sich beinahe vor Aufregung.

»Leise!«, warnte Merimose. »Sonst findet uns hier noch jemand!«

Rasch erzählten die Jungen ihr von Sherits Geistesgegenwart.

»Zwillingsmagie!«, prustete Henti. »Das ist gut!«

»Mach das nie wieder!«, sagte Sherit und stieß ihre Schwester an. »So lustig war das nicht. Es hätte auch schiefgehen können!«

»Sie hat recht!«, stimmte Imhotep ihr zu. »Du hast uns alle in Gefahr gebracht, Henti. Wir hatten bloß Glück, dass niemand hier draußen nachgeschaut hat, ob es noch mehr Eindringlinge gibt.«

»Hast du wenigstens was herausgefunden?«, fragte Merimose.

Hentis Gesicht hellte sich auf. »Ich weiß jetzt, warum Kenamun den Papyrus gestohlen hat!«, sagte sie triumphierend.

»Er war es also wirklich!«, sagte Sherit stirnrunzelnd. »Wir hatten recht mit unserem Verdacht! Und warum hat er ihn gestohlen?«

Die Kinder warteten gespannt auf Hentis Antwort.

»Der Bürgermeister will ihn haben.«

»Was? Hunefer?« Imhotep schüttelte ungläubig den Kopf. »Das kann ich mir nicht vorstellen!«

»Kenamun hat den Papyrus heute hierhergebracht?«, unterbrach Merimose ihn. »Dann war *der* also in seinem Bündel!«

»Ich bin nicht sicher«, antwortete Henti. »Wenn ich das Geschrei richtig verstanden habe, dann hat Kenamun ihm nur eine Hälfte gebracht.«

»Er hat die Papyrusrolle zerschnitten?«, fragte Sherit bestürzt.

»Muss er wohl. Jedenfalls ist Hunefer deshalb so zornig gewesen. Das würde seine Pläne völlig durcheinanderbringen, hat er gebrüllt.«

Aber Kenamun hatte ruhig dagestanden und verlangt, dass Hunefer ihm bei Amun versicherte, ihn nicht zu verfolgen, wenn er ihm den Rest brächte, sondern ihm seine Belohnung zu geben und ihn in Ruhe am Platz der Wahrheit weiterarbeiten zu lassen.

Imhotep wiegte den Kopf hin und her. »Klug von Kenamun! Sehr klug sogar.«

Henti und Sherit starrten ihn erstaunt an. Was meinte er damit?

»Wenn er heute mit dem ganzen Papyrus angekommen wäre«, erklärte Imhotep, »dann hätte er das wahrscheinlich nicht überlebt.«

Erschrocken blickten Merimose und die Zwillinge sich an.

»Wirklich nicht!«, versicherte Imhotep. »Wir haben hier in Waset schon öfter Leute erlebt, die keine Mit-

88

wisser brauchen können. Aber ich hätte nicht gedacht, dass Hunefer auch so einer ist!«

Kenamun hatte also versucht, sein Leben zu schützen, indem er seinen Auftrag nur halb erfüllte. Und der Bürgermeister musste seiner Bedingung wohl oder übel zustimmen, wenn er auch an die zweite Hälfte kommen wollte. Der Papyrus war offenbar überaus wichtig für ihn. Was immer er damit vorhatte. Eins stand fest: Hunefer war ein Schurke!

»Hunefer hat getobt, weil er Kenamun alles zusichern musste. Und dann ist er wütend die Treppe runtergestapft. So viel habe ich oben auf dem Dach mitbekommen«, berichtete Henti.

»Deshalb hat Kenamun so zufrieden ausgesehen, als er aus dem Haus kam! Jetzt verstehe ich!«, sagte Merimose.

»Weißt du, wo der Papyrus ist?«, fragte Sherit plötzlich. »Ich meine, der halbe Papyrus, den Kenamun mitgebracht hat?«

»Leider nicht. Das wollte ich gerade herausbekommen, als die Streiterei in vollem Gang war. Aber da hat Teti mich entdeckt. Den Rest habt ihr ja selbst gesehen.«

»Aber was will Hunefer nur mit dem Papyrus?«, sagte Imhotep nachdenklich. »Ihr habt gesagt, es geht um Medizin und Magie. Aber davon hat er nicht die leiseste Ahnung!«

»Dann wird der Zorn der löwenköpfigen Sachmet auf ihn kommen, wenn er die Zaubersprüche anwendet«, sagte Sherit. »Wenigstens hat Großvater das immer gesagt.«

»Auf jeden Fall müssen wir herausbekommen, wo der halbe Papyrus jetzt ist, sonst bekommt Pabekamun ihn nie!« Henti blickte besorgt zum Haus hinüber.

»Und die zweite Hälfte muss noch irgendwo im Dorf sein«, fügte Merimose hinzu.

»Aber was nützt es uns, wenn wir die zweite Hälfte haben?«, fragte Imhotep. »Dann wissen wir immer noch nicht, was Hunefer damit vorhat.«

»Teuer verkaufen?«, überlegte Merimose.

»Er ist doch reich genug!«, entgegnete Imhotep und zeigte auf den Garten und das Haus. »Das kann es nicht sein.«

Plötzlich stand Sherit auf und blickte suchend in die Ranken der Laube.

»Ib?«, rief sie leise. »Wo bist du?«

»Ib ist weg!« Henti sprang ebenfalls auf.

»Auch das noch!«, stöhnte Merimose. »Könnt ihr ihm nicht mal eine Leine umbinden wie andere Leute auch?«

»Kommt nicht infrage!«, zischte Henti. »Bestimmt ist er ganz in der Nähe.«

Merimose wurde ungeduldig. »Aber wir können hier doch nicht jeden Baum absuchen!«

»Wenn er hier im Garten wäre, würden wir ihn hören!«, beruhigte Sherit ihn. »Er muss noch im Haus sein.«

»Na wunderbar!«, ächzte Merimose.

»Also müssen wir noch mal hinein!«, flüsterte Imhotep. »Und vergesst nicht, auch nach dem halben Papyrus zu suchen, wenn wir schon mal drin sind!«

Die Kinder nickten und näherten sich vorsichtig der offenen Tür. Merimose spähte in den Raum: Teti lag noch immer auf dem Boden. Leise schlichen die Kinder an ihm vorbei und durch die Vorhalle in den Säulenraum. Aber zwischen den Pflanzen war Ib nicht zu entdecken.

Sie eilten die Treppe hinauf und warfen hastige Blicke in die Räume.

Im Arbeitsraum des Bürgermeisters war ein Stuhl umgefallen, wahrscheinlich, als Hunefer wütend aus dem Raum gestürzt war. Auf einer Truhe an der Wand lag ein Stapel Papyrusblätter, die Imhoteps Vater irgendwann einmal würde beschreiben müssen. Und in einer Ecke stand ein niedriges Schreiberpult – Horis Arbeitsplatz. Aber es war keine halbe Papyrusrolle zu sehen und auch Ib hatte sich hier nicht versteckt.

Der nächste Raum war kleiner. Schnell blickte Henti sich um. Jemand hatte einen wunderschönen Gartenteich mit Fischen, Enten und Lotosblüten an die Wand gemalt. Aber noch etwas anderes fesselte ihre Aufmerksamkeit. In einer Ecke des Raumes befanden sich ein gemauertes Becken und daneben ein merkwürdiger Stuhl. Er hatte einen geflochtenen Sitz mit einem Loch, darunter stand ein Tongefäß voller Sand. Obwohl sie es eilig hatte, winkte sie Imhotep herbei. Solch einen Raum kannte man am Platz der Wahrheit nicht.

»Was ist das?«

»Das ist ein Badezimmer«, erklärte Imhotep leichthin. »In das Becken da stellt ihr euch und ein Diener hält einen Korb über euren Kopf und schüttet Wasser hinein. Es ist so ähnlich wie ein Regenschauer. Man wird überall nass und kann sich waschen. Und der Stuhl ist – na ja, eine Toilette.«

»Waset, die Starke«, murmelte Henti und dachte daran, dass sie zu Hause bis zum Nil laufen mussten, um baden zu können. »Die Stadt der Wunder.«

Aber für solche Gedanken war keine Zeit.

»Kommt schon!«, drängte Merimose sie weiter.

In Hunefers Schlafzimmer standen eine Kleidertruhe, ein eckiger Tisch mit einem Senet-Spiel und ein geschnitztes Bett mit einer bestickten Schlafmatte und einer verzierten Kopfstütze. Von Ib keine Spur. Ebenso wenig im zweiten Stock mit den Schlafzimmern für die Familie. Truhen voller Kleidung, teure Perücken, Schmuck und Spielzeug – aber kein halber Papyrus und auch kein Ib. Der hätte sich bestimmt brennend für die vielen kleinen Gefäße interessiert, in denen die Frau des Bürgermeisters ihre Salben, Duftöle und Schminkfarben aufbewahrte.

Auf der Treppe zum Dach drehte sich Merimose plötzlich zu den anderen um.

»Ist euch eigentlich eben an Teti etwas aufgefallen?«, flüsterte er.

»Wieso?«, fragte Sherit leise.

»Er hatte keine Perücke auf!«

»O nein!« Henti flitzte als Erste die Treppe wieder

hinunter und zurück in das Gartenzimmer. Tatsächlich. Tetis Kopf war kahl wie ein zu groß geratenes Ei.

Auch diesen Raum mussten sie durchsuchen. Und sie mussten sich noch mehr beeilen als bei den anderen Räumen. Teti fing an, sich zu bewegen. Offenbar diente der Raum als Esszimmer, denn bei den Schemeln und Stühlen standen mehrere niedrige Tische mit breiten, runden Schalen. Teilweise waren die Schalen leer und würden am Abend mit Gemüse, Fisch und vielleicht sogar teurem Fleisch von den Dienern gefüllt werden.

Und da saß Ib. Die Kinder konnten sich ihr Lachen kaum verbeißen. Unter einem Tisch mit einer Schale voller Feigen hatte er sich versteckt. Aber er hatte keine Feige in seinen Händen, sondern Tetis Perücke. Genüsslich zupfte er eine Wachsperle nach der anderen heraus und ließ sie auf den Boden fallen. Die Zöpfchen lösten sich dabei auf, verwandelten sich in hässliche Haarsträhnen oder fielen ganz heraus, weil kein Wachs sie mehr festklebte.

»Teti wird sich freuen!«, grinste Imhotep.

Als hätte er seinen Namen gehört, stöhnte Teti laut. Erschrocken blickten die Kinder sich um. Teti kam zu sich. Er setzte sich auf und rieb mit den Händen über sein Gesicht. Schnell lockte Henti das Äffchen an und nahm es auf den Arm. Die anderen flitzten schon aus der Gartentür, als sie noch einen letzten Blick auf Teti warf, der immer noch nicht richtig begriff, wo er war oder warum er auf dem Boden saß.

Und bevor auch Henti in den Garten rannte, sah sie
es. Seltsam, dass sie die ganze Zeit daran vorbeigelaufen
waren. Henti wusste jetzt, wo die eine Hälfte des Papyrus war!

Was hat Henti entdeckt?

Imhotep hat es sehr eilig

Schemu, Zeit der Ernte, 2. Monat, 4. Tag

Am nächsten Morgen saß Imhotep schon früh in seinem Zimmer auf dem Boden und beugte sich über ein Kalksteintäfelchen. Er hatte gerade seine Schreibbinse in Wasser und schwarze Farbe getaucht, aber er konnte sich nicht konzentrieren. Immer wieder musste er an den verschwundenen Papyrus und die Aufregung in Hunefers Haus denken. Nachdem sie Ib wiedergefunden hatten, waren sie gerade noch rechtzeitig aus dem Seiteneingang des Gartens entwischt, bevor Hunefers Familie durch das Eingangstor hereinkam. Das war noch einmal gut gegangen!

Noch vor Sonnenuntergang waren Merimose und die Zwillinge mit Amunnacht zum Platz der Wahrheit aufgebrochen.

Kurz nach der Abfahrt hatte Henti sich auf dem Boot noch einmal umgedreht und verschwörerisch den Finger an die Lippen gelegt. Merimose und die Zwillinge wollten erst noch die zweite Hälfte des Papyrus finden, bevor sie mit ihrem Verdacht zu Ramose gingen und die Sache unweigerlich Folgen haben würde.

Als ob Imhotep nicht schweigen könnte!

Obwohl er sehr gerne mit seinem Vater darüber gesprochen hätte, was sie über Hunefer herausgefunden hatten. Vielleicht hätte er einen Rat gewusst. Es war seltsam und erschreckend, wie der Bürgermeister sich verhielt. Warum hatte er Kenamun für sich stehlen lassen? Und noch dazu einen Papyrus, mit dem er nichts anfangen konnte! Imhotep kannte niemanden, der so wenig las wie Hunefer. Wozu brauchte er dann einen Papyrus? Dazu noch einen medizinischen? Krank war in Hunefers Familie auch niemand.

»Mist!« Imhotep hatte seine Binse voller Farbe zu lange über das Kalksteintäfelchen gehalten. Dicke, schwarze Tropfen waren daraufgefallen. Vorsichtig tupfte er sie mit einem alten Stück Leinen ab, legte die Binse in die Palette zurück und dachte weiter nach.

Warum suchte sich Hunefer seinen Helfer ausgerechnet unter den Künstlern vom Platz der Wahrheit? Er musste doch befürchten, dass man den Dieb früher oder später entdecken würde! Das Dorfgericht würde es sofort Antef, dem Wesir, melden. Antef war der oberste Herr und Richter der Dorfbewohner. Und wenn der Dieb dann redete, würde auch Hunefer nicht ungeschoren davonkommen. Wieso riskierte er das? Was hatte er davon? In seinem Leben war doch eigentlich alles so, wie er es sich nur wünschen konnte. Er war reich und hatte Einfluss. Was wollte er mehr?

Und wie hatte Hunefer erreichen können, dass Kenamun seine eigene Familie bestahl? Die Belohnung für den Diebstahl musste sehr hoch sein. Und jetzt war Kenamun vorsichtig genug, dem Bürgermeister nicht mehr über den Weg zu trauen! Anders konnte man sein Verhalten nicht verstehen. Schließlich hatte er ihm nur den halben Papyrus gebracht und auch noch in einer hohlen Statue, die für das Grab des Pharao bestimmt war! Henti hatte sie gestern auf der Truhe stehen sehen, vor der Teti in Ohnmacht gefallen war. Der Papyrus steckte in ihrem geöffneten Rücken.

Kenamun war aber auch zu dumm. Wie konnte er den Pharao bestehlen? Jeder wusste doch, dass das den Tod bedeutete. Der Bürgermeister hatte Kenamun also nicht nur mit einer hohen Belohnung dazu verführt, seine eigene Familie zu bestehlen. Kenamun selbst war mit dem Diebstahl von Pharaos Statuen sogar noch weiter gegangen. Sherit hatte recht. Er war nicht mehr zu retten. Aber was hatte Hunefer davon? Was hatte er vor?

»Imhotep! Kommst du?«

»Sofort!«, antwortete Imhotep. Er sollte seinen Vater zu Hunefer begleiten, damit er mehr über seinen zukünftigen Beruf erfuhr. Unter anderem musste ein Schreiber über seine Arbeit schweigen können. Was das betraf, hatte Hori großes Vertrauen in Imhotep und deshalb Hunefers Erlaubnis, seinen Sohn mitzubringen.

Imhotep hob seine Palette vom Boden auf, hängte sich das Wassertöpfchen und den Beutel mit neuen

Farbbrocken um, die jeder Schreiber immer dabeihatte, und lief die Treppe hinunter.

Im Eingang stolperte er beinahe über einen großen Korb mit Nahrungsmitteln.

»Für wen ist denn das?«, fragte er neugierig.

»Deine Mutter will Tia zum Platz der Wahrheit schicken, damit sie Henut bei den Vorbereitungen zum Fest hilft«, erklärte Hori. »Unsere ganze Familie kommt, da wird die Arbeit für Henut allein zu viel.«

Imhotep nickte. Seine Tante Henut hatte zwar selbst eine Dienerin, so wie alle Bewohner des Dorfes. Aber vor einem solchen Fest war jede zusätzliche Hilfe willkommen. Und Tia war eine der besten Dienerinnen in Horis Haus, denn sie konnte wirklich zupacken.

»Lass uns gehen!«, drängte Hori. »Hunefer wartet nicht gern!«

Gemeinsam schlugen sie den Weg ein, den Imhotep gestern auch mit seinen Freunden gegangen war. Auch diesmal liefen sie an den Verwaltungsgebäuden vorbei. Das bedeutete, dass Hunefer in seinem Haus Briefe diktieren wollte, die niemanden sonst etwas angingen. Ausgerechnet heute! Die Gelegenheit kam zwar wie gerufen, weil Imhotep vielleicht mehr über die Sache mit dem Papyrus in Erfahrung bringen konnte. Aber er musste schlucken, als er daran dachte, dass er auch Teti wiedersehen würde. Was war, wenn Teti sich an den gestrigen Besuch erinnerte und ihn vor seinem Vater darauf ansprach? Dann konnte er sein Versprechen zu schweigen nicht halten!

Es war seltsam, diesmal gemeinsam mit dem Wächter durch das große Tor in den Garten zu gehen. Heute drang Geschrei und Lachen aus der Weinlaube. Hunefers Kinder spielten im Schatten und seine Frau saß auf der Bank, wo ihr eine Dienerin mit einem breiten Fächer Kühlung verschaffte. Hori grüßte freundlich in die Laube, als sie vorbeigingen. Das Geschrei hörte auf und neugierig sahen die Kinder zu ihnen herüber. Die Frau des Bürgermeisters nickte herablassend mit dem Kopf und forderte dann ihre Dienerin mit einer ungeduldigen Handbewegung auf weiterzufächeln.

Als sie das Haus erreichten, atmete Imhotep tief durch. Teti öffnete die Tür und Hori blickte ihn erstaunt an. »Was hast du denn mit deiner Perücke gemacht?«, fragte er.

Teti zuckte die Schultern. »Sie muss repariert werden«, antwortete er knapp und ließ die beiden eintreten. Er nickte Imhotep mit seinem kahlen Kopf zu und ging ihnen dann voraus. Imhotep fiel ein Stein vom Herzen. Teti schien sich an nichts von dem zu erinnern, was gestern vor seiner Ohnmacht passiert war.

»Herein!«, bellte die hohe, scharfe Stimme des Bürgermeisters, als Teti an die Tür des Arbeitszimmers im ersten Stock klopfte. Hunefer stand bei der Truhe und las in einem Papyrus. Imhotep reckte den Hals, um herauszubekommen, was es für einer war. Aber anders als Neferhoteps Papyrus war er nur mit schwarzer Farbe in der Form einer langen Liste geschrieben. Zahlzeichen konnte Imhotep auch erkennen. Wahrscheinlich ging es um den Ernteertrag von einem der Landgüter des Bürgermeisters.

Hunefer wedelte zu dem Schreiberpult hinüber.

»Setzt euch!«, sagte er ungeduldig. »Setzt euch! Ich bin gleich mit dieser Liste fertig.«

Während er weiterlas, setzten sich Hori und Imhotep auf den Boden vor das niedrige Pult. Hori nahm seine Palette und füllte die beiden Vertiefungen mit einem schwarzen Brocken Ruß-Farbe und auch mit einem Brocken roter Ockerfarbe, falls er Überschriften zu schreiben hatte. Dann tauchte er seine Binse in das Wasser und verspritzte ein wenig zu Ehren des Schreibergottes Thot, murmelte ein kurzes Gebet, damit Thot seine Arbeit schützte, und wartete darauf, was Hunefer ihm diktieren würde.

»Nun«, sagte Hunefer nach einer Weile und legte den Papyrus zusammengerollt auf die Truhe zurück. »Heute geht es nur um zwei Briefe, danach brauche ich deine Dienste nicht mehr. Der erste ist schnell erledigt, der zweite benötigt Zeit. Ich wünsche, dass du ihn in den schönsten Schriftzeichen schreibst, Hori, zu denen du fähig bist. Also nicht in der normalen Kurzschrift. Du schreibst ihn sorgfältig noch einmal ab, wenn ich ihn diktiert habe!«

Hori nickte zustimmend. Imhotep beneidete seinen Vater einmal mehr darum, dass dieser auch die heiligen Schriftzeichen so schnell und ordentlich wie niemand sonst schreiben konnte. Das sparte in einem solchen Fall viel Zeit. Wenn er selbst das jemals erreichen wollte, musste er die vielen hundert Zeichen wirklich noch oft üben. Er seufzte leise.

Aufmerksam saß Hori am Pult und Hunefer diktierte ihm einen kurzen Brief an einen seiner Gutsverwalter.

»Schreib«, sagte Hunefer. »Der Bürgermeister Hunefer von der Stadt Waset sendet gute Wünsche in Leben, Glück und Gesundheit. An meinen Gutsverwalter Isesi. Das ist ein Schreiben, um dich zu fragen, warum du mich betrügen willst. Ich habe deine Liste bekommen, aber sie ist falsch. Ich sage dir dies schon zum zweiten Mal. Du bist doch kein Tauber, der nicht hören kann und zu dem man mit dem Stock sprechen muss! Berichtige die Liste, bevor ich dir meinen Schreiber schicke, damit er nach dem Rechten sieht. Ich erwarte deine Antwort. Dies schreibt der Bürgermeister Hunefer von der Stadt Waset an seinen Gutsverwalter Isesi.«

Horis Binse flog über den Papyrus. Obwohl er sie immer wieder in Wasser und Farbe tauchen musste, schrieb er den Brief in der Kurzschrift genauso schnell, wie Hunefer diktierte. Als er schwieg, war auch Hori fertig.

»Nun der zweite Brief«, sagte Hunefer. »Wie gesagt, du schreibst ihn noch einmal in den heiligen Zeichen ab. Aber diese Sache bleibt völlig unter uns. Das gilt auch für dich, wenn du einmal Schreiber werden willst!«, herrschte er Imhotep an.

Hori und Imhotep senkten die Köpfe zum Zeichen, dass sie schweigen würden.

»Bist du bereit?«, fragte Hunefer seinen Schreiber.

Hori nickte. Imhotep wartete gespannt darauf, was jetzt kommen würde. Warum tat Hunefer so geheimnisvoll? Und für wen war der Brief?

»Der Bürgermeister Hunefer und so weiter und so weiter, Leben, Glück, Gesundheit. Hast du das?«

Hori nickte wieder.

»Dies ist ein Schreiben, um dich um Geduld zu bitten. Das, worauf du wartest, nimmt noch Zeit in Anspruch. Siehe, mein Bote sagte zu mir: Es steht gut um alles, vertraue mir. Und ich vertraue ihm. Was du zu besitzen wünschst, wird noch vor dem Fest in deinen Händen sein. Dies schreibt Hunefer und so weiter und so weiter. Jetzt lies mir das Ganze noch einmal vor.«

Während Hori las, beobachtete Imhotep den Bürgermeister. Hunefer ging unruhig auf und ab, ordnete den Stapel mit den Papyrusseiten auf der Truhe und polierte den goldenen Ring an seinem Finger mit einer Ecke seines Gewandes. Schließlich blieb er stehen und verschränkte die Hände hinter dem Rücken.

Hori machte ein erstauntes Gesicht beim Vorlesen, denn so einen rätselhaften Brief hatte er noch nie schreiben müssen. Der Bürgermeister war sonst in seinen Briefen sehr deutlich und genau und scheute sich auch nicht, die Menschen in seinen Briefen zu beschimpfen. Aber dieser Brief war für seine Verhältnisse nahezu unterwürfig. Und das wunderte Hori.

Imhotep wunderte sich jedoch überhaupt nicht. Ihm war sofort klar, dass es um den Papyrus gehen musste. Der Bürgermeister wollte ihn nicht für sich, sondern für jemand anderen. Für jemanden, der einflussreich war. Warum sonst war Hunefer so nervös? Sicher, weil er ihn nicht liefern konnte, denn ihm fehlte ja noch die zweite Hälfte. Aber er schien zu glauben, sie noch vor dem Fest zu bekommen. Alles passte zusammen. Wenn Imhotep doch nur herausbekommen könnte, an wen der Brief gerichtet war! Hunefer hatte jede Anrede vermieden, was die Sache noch verdächtiger machte.

»Ja, das kann so bleiben. Nun schreib es ab«, befahl Hunefer, »und wenn du damit fertig bist, geh zum Tempel des Amun und gib den Brief diesem Mann.« Er reichte Hori einen Streifen Papyrus mit einem Namen. »Persönlich!«, fügte der Bürgermeister hinzu. »Niemandem sonst. Zeig dem Wächter diese Unterschrift und er wird dich hinführen.«

Hori versprach es und Hunefer verließ mit einem Kopfnicken den Raum. Er ging davon aus, dass sein Schreiber seine Befehle ausführen würde. Hori wusste ja nichts von einem gestohlenen Papyrus und konnte noch nicht einmal ahnen, worum es wirklich ging.

Imhotep starrte auf das Stück Papyrus mit dem Namen. Es lag etwas zu weit weg, aber schließlich konnte er ihn entziffern und hielt die Luft an. Alles ergab Sinn! Rasch entschied er, dass er darüber nicht schweigen würde. Es war zu wichtig. Er musste sofort Merimose und die Zwillinge informieren. Aber wie? Plötzlich hatte er eine Idee. Er musste auf der Stelle nach Hause! Er blickte zu Hori hinüber, der seinen Papyrus mit kleinen, sauberen Schriftzeichen füllte.

»Kann ich schon nach Hause gehen?«, fragte er ihn.

Hori blickte von seiner Arbeit auf und nickte dann mit dem Kopf. »Ja, geh nur«, sagte er. »Wenn ich beim Tempel war, komme ich auch sofort nach.«

Imhotep nahm seine Schreibpalette und flitzte aus dem Raum und die Treppe hinunter. Teti konnte nur noch kopfschüttelnd die Eingangstür wieder hinter ihm schließen.

»He! Wohin so eilig?«, rief der Wächter am Eingangstor, aber weil er Imhotep kannte, lachte er nur über dessen Hast.

Atemlos kam Imhotep zu Hause an. Heute hätte er bestimmt jeden Wettlauf mit Merimose gewonnen, was ihm sonst nie gelang. Er stieß die Tür auf und stellte erleichtert fest, dass der Korb noch genauso dastand wie am Morgen. Was für ein Glück! Tia war noch nicht zum Platz der Wahrheit unterwegs! Rasch lief er die Treppe hinauf in sein Zimmer und hob das Steintäfelchen auf, das noch immer graue Spuren der Farbtropfen trug. Schnell nahm er eine Binse, verspritzte Wasser zu Ehren Thots, denn diese Arbeit musste der Gott ganz besonders schützen, und schrieb. Dann wickelte er das Täfelchen in das alte Stück Leinen und ging hinunter, um Tia zu suchen. Er kam gerade noch rechtzeitig. Sie war dabei, sich von Hedjet zu verabschieden, und wollte sich auf den Weg machen.

»Nimm das mit und gib es Merimose mit einem schönen Gruß von mir«, sagte er zu ihr. Er reichte ihr das Leinentuch mit der Steinscherbe. Tia nickte und legte das Päckchen oben auf ihren Korb.

Hedjet lachte, als sie das schwarz verkleckste Tuch sah, das ihr Sohn zum Einwickeln benutzt hatte. »Merimose wird sofort wissen, dass es von dir kommt!«, sagte sie.

Kurze Zeit später kämpfte Tia sich durch das Gedränge auf den Straßen. Am Stadtkai wurde sie von einem Lastenträger angerempelt, der sie beschimpfte, obwohl der Zusammenstoß seine Schuld gewesen war. Der Korb rutschte ihr aus der Hand auf den Boden und Imhoteps Päckchen fiel heraus. Tia bemerkte es nicht. Sie nahm den Korb und wollte gerade weitergehen, da zupfte ein kleines Mädchen an ihrem Kleid.

»Du hast was verloren!«, sagte das Kind und reichte ihr das fleckige Tuch mit Imhoteps Nachricht.

Tia erschrak und nahm es dem Mädchen erleichtert ab. Es fühlte sich zwar seltsam an, aber wenigstens hatte sie es wieder. Sie steckte es tiefer in den Korb, damit es nicht noch einmal herausfallen konnte, nahm ein Boot zum anderen Ufer des Nil und kam schließlich am frühen Nachmittag am Platz der Wahrheit an. Henut begrüßte sie freudig und packte im Küchenhof den Korb mit ihr aus.

»Was ist denn das?«, fragte sie erstaunt und betrachtete das Tuch mit den Farbklecksen in ihren Händen.

»Ach, das Päckchen!«, sagte Tia. »Es ist für Merimose. Imhotep hat es mir mitgegeben.«

»Wer sonst!«, lachte Henut und rief ihren Sohn.

Merimose nahm sein Päckchen, ging hinauf aufs Dach, wo er ungestört war, und öffnete das Tuch. Aber wie entsetzt war er, als er Imhoteps Nachricht in vielen kleinen Scherben vor sich liegen sah! Mühevoll setzte er sie zusammen. Und als er sie entziffert hatte, lief er sofort damit zu Henti und Sherit.

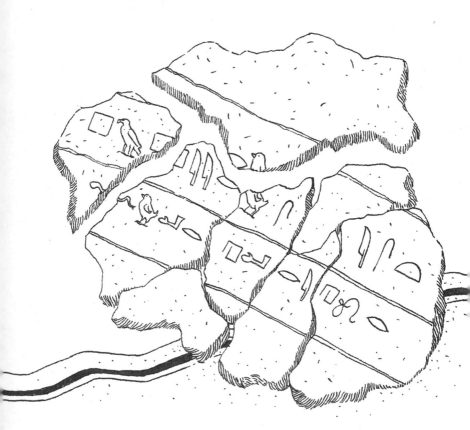

Was will Imhotep seinen Freunden mitteilen?

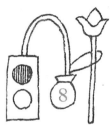

Pabekamun weiß Rat

Schemu, Zeit der Ernte, 2. Monat, 4. Tag

Als Merimose beim Haus der Zwillinge ankam, traf er dort nur die alte Baket und eine zweite Dienerin an. Baket war herübergekommen, um dabei zu helfen, größere Mengen Bier für das Fest herzustellen. Hunero war mit dem Esel zu den Schlafhütten am Großen Platz gegangen, um Ramose frisches Brot und Bier zu bringen, und hatte Hesire mitgenommen. Henti und Sherit waren noch nicht vom Grabmal ihres Großvaters zurück. Zwei Tage waren sie nicht dort gewesen und hatten sich heute durch nichts davon abhalten lassen, Neferhoteps Namen auszusprechen und seinem Ka Blumen und ein kleines Gefäß mit Salböl zu bringen.

Merimose bedankte sich bei Baket und lief den ganzen Weg quer durch das Dorf zurück bis zum Nordtor. Wie immer lehnte Horimin im Schatten an der Mauer.

»Nein«, sagte er auf Merimoses Frage, »Henti und Sherit sind noch nicht zurück.«

Aber als Merimose um die Mauerecke bog, kamen

ihm die Zwillinge mit Ib vom Friedhofshügel entgegen. Schnell lief Merimose auf die beiden zu.

»O nein!«, rief Henti. »Ich schreibe heute nicht eine einzige Hieroglyphe, du kannst sagen, was du willst!«

»Darum geht es doch gar nicht!«, lachte Merimose. Er wurde wieder ernst und hielt das Tuch mit den Scherben hoch. »Imhotep hat eine Nachricht geschickt! Kommt, wir müssen reden.«

Er zog sie hinter die Mauer des nächsten Grabmals in den Schatten. Merimose breitete das Tuch aus und fügte die Scherben zu Imhoteps Nachricht zusammen. Wenn man einmal wusste, wie sie liegen mussten, dann ging es ganz schnell. Henti hielt Ib fest, denn er fand die kleinen Scherben sehr interessant.

»Papyrus ist für Herihor«, las Henti vor.

»Für Herihor?« Sherit wurde blass. »Herihor ist der Hohepriester des großen Amuntempels! Wisst ihr, was das bedeutet?«

»Dass er auch Magier und Heiler ist!«, antwortete Merimose leichthin. »Er könnte den Papyrus sehr gut brauchen.«

»Das meine ich doch nicht! Er ist der Berater und Vertraute Pharaos! Er ist unerreichbar für uns!«

Sie wussten es alle drei. Allmählich wurde die ganze Sache zu groß und zu ernst für sie. Wie konnten drei Kinder einen Diebstahl aufklären, der solche Kreise zog? Ratlos sahen sie sich an.

»Wir schaffen das nicht allein«, sagte Merimose schließlich. »Wir müssen jemanden einweihen.«

»Fragt sich nur, wen?« Hentis Stimme klang mutlos.

»Vielleicht Ramose?«, schlug Merimose vor.

»Nein!«, rief Sherit. »Vater würde uns für verrückt halten. Er würde uns bestimmt kein Wort glauben! Schließlich geht es hier auch um Kenamun, seinen eigenen Schwiegersohn!«

»Und was ist mit deinem Onkel Hori?«, fragte Henti. »Er arbeitet doch für den Bürgermeister.«

»Das ist zu gefährlich!«, erwiderte Merimose. »Stell dir vor, Hunefer merkt, dass Hori etwas weiß! Imhotep hat doch gesagt, dass Hunefer vor nichts zurückschreckt! Außerdem würde es auch Imhotep an den Kragen gehen.«

Merimose konnte sich denken, dass Imhotep beim Bürgermeister etwas aufgeschnappt haben musste und so Herihors Namen erfahren hatte. Aber als Horis Sohn hätte er nichts darüber sagen dürfen.

Nachdenklich blickten die Kinder auf Imhoteps Scherben.

Plötzlich sagte Sherit aufgeregt: »Pabekamun! Für ihn hat Großvater doch den Papyrus bestimmt. Außerdem ist er Priester! Er ist der Einzige, der uns jetzt helfen kann!«

»Stimmt!«, nickte Henti. »Er hat uns mal erzählt, dass er die Priester im Amuntempel kennt«, erklärte sie Merimose. »Und das Beste ist, dass wir ihm absolut vertrauen können!«

Schnell traten sie aus dem Hof des Grabtempels und liefen am Nordtor und an den vielen kleineren Heiligtümern für verschiedene Gottheiten vorbei, bis sie zu dem Amuntempel kamen, den Pharao für das Dorf hatte erbauen lassen. Er war winzig im Vergleich zu den Tempeln der Stadt. Aber für die Künstler und Handwerker war es beruhigend zu wissen, dass die Götterfamilie von Waset, der Königsgott Amun, seine Frau, die Muttergöttin Mut, und ihr Sohn, der Mondgott Chons, auch in ihrer Nähe war.

Pabekamun wohnte gleich neben dem Tempel. Auch er hatte einmal als Schreiber im Dorf gelebt. Und wie fast alle Dorfbewohner hatte auch er den Priesterdienst in einem der vielen Heiligtümer versehen, weil das Dorf keine eigenen Priester hatte. Als aber der neue Amuntempel fertig war, wollte Pabekamun hier den Gottheiten dienen und war seitdem Priester, Ratgeber und Heiler des Dorfes. Er verstand es wie niemand sonst, die magischen Formeln anzuwenden, um Menschen von allen möglichen Übeln des Körpers und der Seele zu heilen. Kein Wunder, dass Neferhotep ihn als Erben für seinen Papyrus gewählt hatte.

Als die Kinder zum Amuntempel kamen, trat Pabekamun gerade heraus.

Es war immer wieder seltsam, ihn anzusehen, obwohl die Kinder ihn sich gar nicht mehr anders vorstellen konnten. Pabekamun hatte keine Haare. Er hatte einen kahlen Kopf, wie viele andere auch, aber weil er der Priester eines Tempels war, musste er sich täglich reinigen, bevor er das Allerheiligste betreten durfte. Zu der Reinigung gehörte, sich von Kopf bis Fuß zu waschen und möglichst alle zwei Tage sämtliche Körperhaare zu entfernen. Also war nicht nur Pabekamuns Kopf kahl, sondern auch sein Gesicht. Er hatte kein Kinnbärtchen, wie es jetzt Mode war, keine Augenbrauen und keine Wimpern. Nur der schwarze Kajal um seine Augenlider machte seine intelligenten Augen lebendig. Forschend blickte er die Kinder an.

»Ihr habt etwas auf dem Herzen«, sagte er. »Geht es um den Papyrus?«

Es war immer leicht, mit Pabekamun zu sprechen. Er schien Menschen zu durchschauen und von vorneherein zu ahnen, was sie bedrückte oder beschäftigte. Doch in diesem Fall, der auch ihn selbst betraf, musste er sich noch nicht einmal sehr dafür anstrengen.

»Nicht nur«, antwortete Sherit. »Wir brauchen dringend deinen Rat. Es geht inzwischen um mehr als nur um den Papyrus.«

»Aber wir wissen, glaube ich, wo er ist«, platzte Henti heraus.

»Wirklich?« Pabekamuns Augen blitzten erfreut auf. »Und wo ist er?«

»Das ist eins unserer Probleme.« Merimose schüttelte den Kopf. »Wir wissen nur, wo eine Hälfte ist.«

»Eine *Hälfte*?«, fragte Pabekamun entsetzt. »Jemand hat ihn zerstört? Wisst ihr, wer es war? Kommt hier herein«, unterbrach er sich und zeigte auf die Tür zum Tempel. »Das ist nichts für fremde Ohren.«

»Und Ib?«, fragte Henti und drückte das Äffchen an sich.

111

»Ib ist Amun willkommen«, antwortete Pabekamun lächelnd. »Ich werde doch einem Verwandten des Schreibergottes Thot den Eintritt nicht verwehren! Dessen Tiergestalt ist zwar eigentlich der Pavian und du bist dafür ein bisschen zu klein geraten«, sagte er zu Ib und kraulte ihm den Kopf, »aber auch Meerkatzen sind Amun angenehm.«

Er führte sie in den kühlen, dämmrigen Vorraum des kleinen Tempels und sie setzten sich auf den Boden.

»Nun erzählt mir alles«, bat Pabekamun. »Wieso geht es inzwischen um mehr? Und wer hat den Papyrus zerschnitten?«

Er war ein aufmerksamer Zuhörer. Er ließ die Kinder von ihrer Entdeckung bei den Schlafhütten berichten, von ihrem Besuch in Waset und vom Haus des Bürgermeisters, von Kenamuns und Hunefers Verhalten und von der hohlen Statue, in deren Rücken der halbe Papyrus gesteckt hatte.

»Und heute hat mein Cousin Imhotep mir das hier geschickt«, sagte Merimose. Er breitete noch einmal das Tuch aus und legte die Scherben zusammen. Pabekamun las und blickte dann nachdenklich zu der Fensteröffnung empor, durch die Licht hereinfiel.

»Herihor!«, sagte er leise. »Ich hätte es mir denken können.«

Die Kinder sahen ihn gespannt an. Was wusste der Priester von Herihor?

Als Pabekamun ihnen wieder sein Gesicht zuwandte, sah er traurig aus und schien aus einer weit zurückliegenden Welt zu kommen. Er seufzte tief und sie merkten, wie er mit sich kämpfte. Aber dann hatte er eine Entscheidung getroffen.

»Ich erzähle euch dies nur«, begann er, »weil ihr euch so sehr für Neferhotep einsetzt. Sogar du, Merimose, obwohl du nicht sein Enkel bist. Nun hört zu. Herihor war einmal mein Freund. Nein, ich muss sagen, er war Neferhoteps und mein Freund. Er war der Jüngste von uns dreien, Neferhotep der Älteste. Trotz des Altersunterschieds waren wir unzertrennlich, als wir zusammen zur Schreiberschule im Haus des Lebens gingen. Kennt ihr sie?«, fragte er.

»Ja«, antwortete Merimose. Er wusste, dass der Priester mit dem Haus des Lebens den Amuntempel in Waset meinte. »Imhotep geht in diese Schreiberschule. Er sagt, es ist die beste, die es gibt.«

Langsam nickte Pabekamun. »Ja, das stimmt. Es ist die beste, die es gibt. Die Lehrer dort haben ein Leben als Schreiber in den höchsten Kreisen hinter sich. Man lernt von ihnen mehr als nur die heiligen Zeichen. Man erwirbt Bildung und Menschenkenntnis. Der Weg ist hart und lang, aber am Ende steht die Klugheit.«

Henti und Sherit sahen sich an. Er hatte recht. Sie hatten Imhotep gleich als klug eingeschätzt. Und Imhotep hatte seine Ausbildung noch lange nicht hinter sich!

»Aber leider«, fuhr Pabekamun fort, »steht am Ende oft nicht nur die Klugheit. Schwache Menschen können übermäßig ehrgeizig werden, wenn sie lernen, dass der Beruf des Schreibers der beste ist, den es geben kann.

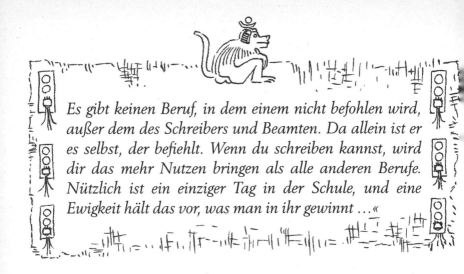

*Es gibt keinen Beruf, in dem einem nicht befohlen wird,
außer dem des Schreibers und Beamten. Da allein ist er
es selbst, der befiehlt. Wenn du schreiben kannst, wird
dir das mehr Nutzen bringen als alle anderen Berufe.
Nützlich ist ein einziger Tag in der Schule, und eine
Ewigkeit hält das vor, was man in ihr gewinnt ...«*

Pabekamun seufzte. »Wie oft haben wir diese Sätze
schreiben müssen! Sie sollten uns lehren, die Ausbildung zum Schreiber ernst zu nehmen. Und das taten
wir! Aber wie gesagt, auf ehrgeizige Menschen hatten
sie eine ganz andere Wirkung. Herihor gehörte dazu. Er
war einer der Klügsten von uns, aber er wurde eingebildet und maßlos. Sein Ehrgeiz kannte keine Grenzen.«

Es war ganz still im Vorraum des Tempels. Gebannt
hörten die Kinder Pabekamun zu, der noch einmal tief
seufzte und dann mit seiner Erzählung fortfuhr.

»Nach der Ausbildung wurde Neferhotep vom dama-
ligen Wesir dazu auserwählt, der neue Schreiber des
Grabes am Platz der Wahrheit zu sein, und ich ging mit
ihm. Ich verbesserte falsche Inschriften der Vorzeichner
an den Grabwänden, vertrat ihn, wenn es nötig war,
und war sein Freund. Herihor blieb in Waset und trat in
den Dienst des Tempels. Er machte bald Karriere und

eines Tages hörten wir, dass Pharao selbst ihn zu seinem Hohepriester berufen hatte. Herihor war nun reich und mächtig und hatte Einfluss auf Pharao, wie er das immer gewollt hatte. Aber mit welchen Mitteln! Er log und betrog! Niemand schien es bemerken zu wollen. Alle hatten Angst, denn er war zu mächtig geworden. Er ließ Pharao sogar glauben, dass seine Fähigkeiten in der Magie es waren, die den Herrscher vor Niederlagen in den Kriegen mit anderen Völkern bewahrt hatten. Und Pharao glaubte ihm. Das Einzige, was Herihor für seine Machenschaften fehlte, war ein einzigartiger Papyrus mit medizinischen Rezepten und magischen Sprüchen. Dieser Papyrus gehörte Neferhotep, der ihn natürlich hierher zum Platz der Wahrheit mitgenommen hatte. Und der sich nie von ihm trennen würde.«

»Unser Papyrus!«, flüsterte Sherit.

»Richtig«, bejahte Pabekamun. »Ich hatte gedacht, dass Herihor über die Jahre das Interesse verloren hätte. Dass ihm inzwischen die Aufzeichnungen magischer Sprüche aus der großen Tempelbibliothek reichen würden. Aber es scheint nicht so zu sein, nach allem, was ihr mir erzählt habt.«

Eine Zeit lang war es still, nachdem Pabekamun seine Geschichte beendet hatte. Schließlich stellte Henti die Frage, die auch den anderen beiden Kindern durch den Kopf ging: »Und was hat Hunefer damit zu tun? Und Kenamun?«

»Ja, das ist wie ein Rätsel«, antwortete Pabekamun und schwieg nachdenklich. »Aber wir können es lösen«, fügte er nach einer Weile hinzu. »Stellt euch vor, ihr wäret Herihor und wolltet unbedingt etwas haben. Aber in eurer jetzigen Position könnt ihr nicht einfach hingehen und es euch holen, denn das würde zu viel Aufsehen erregen. Was würdet ihr tun?«

»Ich würde versuchen, jemanden zu finden, der es für mich tut«, sagte Sherit.

»Sehr gut!«, lobte Pabekamun. »Und weiter? Was für einer müsste das sein?«

»Einer, dem ich vertraue«, antwortete Merimose.

»Einer, der schweigen kann, wenn er eine hohe Belohnung bekommt«, sagte Henti und dachte dabei an Kenamun.

Pabekamun nickte, aber wartete noch auf Sherits Vorschlag.

»Einer, der alles für mich tun würde!«, sagte sie schließlich.

Die anderen blickten sie überrascht an, nur Pabekamun nickte ihr zu.

»Ihr habt alle drei recht, aber die letzte Möglichkeit ist in unserem Fall die beste«, sagte er und lächelte Sherit zu. »In unserem Fall«, wiederholte er, »schließt sie sogar die anderen beiden mit ein.«

»Wieso?«, fragte Henti. »Es reicht doch, wenn einer für eine hohe Belohnung schweigt, oder?«

Pabekamun schüttelte den Kopf. »Leider nicht. Überlegt doch mal: Vielleicht fordert er irgendwann ja mehr für sein Schweigen? Und warum sollte Herihor ihm überhaupt vertrauen?«

»Herihor vertraut ihm, weil er etwas über ihn weiß?« fragte Sherit unsicher. »Weil er ihn in der Hand hat?«

»Natürlich!«, lobte Pabekamun. »Herihor weiß, was für eine Belohnung ihn endgültig zum Schweigen bringen wird. Es muss jemand sein, der für diese Belohnung alles tun würde und der sich deshalb hütet, sein Schweigen jemals zu brechen.«

Nachdenklich blickten die Kinder sich an. Die Lösung des Rätsels musste zum Greifen nahe sein.

»Hunefer?«, fragte Merimose schließlich zweifelnd in die Stille hinein.

»Genau, Hunefer!«, antwortete Pabekamun. »So, wie ihr den Bürgermeister geschildert habt und wie ich ihn selbst auch noch kenne, ist er genauso ehrgeizig und machtgierig wie Herihor. Die beiden passen also gut zusammen. Nur«, fügte Pabekamun hinzu, »bei Hunefer muss immer auch der Preis stimmen, für den er etwas tut. Meine Vermutung ist, dass er mit Herihors Hilfe seine Macht und seinen Einfluss noch vergrößern will. Er will noch weiter Karriere machen.«

»Und du meinst, dafür tut er alles und lässt sogar einen Papyrus stehlen, um in seinen Besitz zu kommen?« Hentis Stimme klang empört.

»So ist es. Menschen wie ihm reicht nie das, was sie haben.« Pabekamuns Stimme wurde leiser, als er fortfuhr: »Und das nächsthöhere Amt, das er erlangen kann, ist das des Wesirs …«

»Aber wir haben doch einen Wesir! Das ist doch

Antef! Ohhh!«, sagte Henti und schaute Sherit und Merimose entsetzt an.

Plötzlich wurde ihnen klar, wie recht sie damit gehabt hatten, sich Rat zu holen: Die Sache war wirklich sehr ernst. Der gestohlene Papyrus hatte sie mitten in ein Komplott geführt. Ob Kenamun wusste, auf was er sich da eingelassen hatte? Wahrscheinlich nicht.

»Hunefer plant, den Wesir zu stürzen«, flüsterte Merimose erschrocken.

»Und Herihor will ihm dabei helfen, wenn er Großvaters Papyrus dafür bekommt!« Henti ballte zornig die Fäuste.

»Aber was sollen wir jetzt tun?«, fragte Merimose. »Gegen Leute wie Herihor kann man doch nichts machen!«

»Und Hunefer können wir erst recht nicht aufhalten!«, sagte Sherit mutlos.

»Wir bekommen den Papyrus bestimmt nie zurück!«, rief Henti wütend.

»Denkt nach!«, forderte Pabekamun sie nachdrücklich auf. »Natürlich könnt ihr etwas tun. Sogar schon hier im Dorf!«

Da zog ein Lächeln über Merimoses Gesicht. »Natürlich! Mit dem Dorfgericht!«, rief er. »Wir müssen den Weisen alles erzählen!«

»Ja, und dann?«, fragte Henti. »Sie verurteilen nur Angeklagte aus dem Dorf! Sie würden sich nur um Kenamun kümmern.«

Plötzlich musste sie an Merit denken. Was sollte aus

ihrer Schwester werden, wenn Kenamun verurteilt würde?

Pabekamun breitete die Arme aus. »Das wäre immerhin ein Anfang. Überlegt doch mal: Von jedem Prozess geht ein Bericht direkt nach Waset, und das heißt?«

»Direkt zum Wesir!«, sagte Merimose prompt. Er verstand, worauf Pabekamun hinauswollte. »Du meinst, wir können ihn warnen, wenn Kenamun alles erzählt?«

»Genau«, antwortete Pabekamun. »Das ist das Wichtigste! Berichtet Ramose alles, was ihr wisst. Er ist doch einer der Weisen. Er muss Kenamun vor dem Gericht zum Reden bringen. Das könnt ihr nicht allein. Ramose muss euch dabei helfen. Aber hört gut zu! Vielleicht weiß Kenamun mehr, als wir vermuten. Er war ja schon klug genug, Hunefer zu misstrauen. Er muss etwas ahnen.«

»Und wenn er nicht redet?«, wollte Sherit wissen. »Manchmal schweigen Angeklagte doch einfach!«

»Ja!«, rief Merimose. »Was machen wir dann?«

»In dem Fall sollte Ramose dem Gericht vorschlagen, mich zu rufen. Die Weisen wissen dann schon, was gemeint ist. Es ist zwar bisher selten nötig gewesen, war aber immer sehr wirksam.«

Merimose lächelte zustimmend. Er schien zu wissen, wovon Pabekamun sprach.

Die Zwillinge schauten ihn fragend an, doch Pabekamun war bereits aufgestanden und begleitete die Kinder zur Tür des Tempels. »Re fährt schon fast mit seiner Sonnenbarke in die Unterwelt. Amun wartet auf mich«, sagte er mahnend und verabschiedete sich von den Kindern. »Und nun wünsche ich euch Amuns Schutz für das, was ihr tun werdet.«

Merimose und die Zwillinge traten aus dem Tempelhof. Sie hatten gar nicht gemerkt, dass es schon spät geworden war. Sogar Ib war auf Hentis Arm eingeschlafen und wurde erst jetzt wieder wach, weil Henti sich bewegte.

Auf dem Weg zum Nordtor blickten sie schweigend zu dem pyramidenförmigen Berg Dehenet hinauf, wo Meretseger wohnte, die Göttin des Westens und des Totenreiches, die schlangenköpfige Göttin der Strafe und der Gnade. Sie schützte nicht nur die Gräber der Toten und die Bewohner des Dorfes, sondern strafte auch Grabräuber und andere Verbrecher. Sie tötete sie mit ihrem Gift oder schlug sie mit Blindheit. Waren sie allerdings reumütig, so zeigte sich die Göttin manchmal gnädig und heilte sie wieder mit ihren magischen Kräften. Als die Sonne hinter dem Berg verschwand, ragte er drohend schwarz vor dem immer noch hellen Himmel auf. Ob Meretseger zornig war, weil unter den Dorfbewohnern, die sie schützte, ein Dieb lebte?

»Seht mal da!«, flüsterte Merimose plötzlich und zeigte zum Friedhofshügel hinüber.

Im Abendlicht konnten die Kinder eine Gestalt erkennen. Es war Kenamun! Er kam aus seiner Grabbaustelle und lief rasch den Weg hinunter in Richtung Nordtor.

»Was macht der denn hier?« Sherits Flüstern klang heiser vor Aufregung.

»Jetzt ist er schon den zweiten Tag nicht am Großen Platz«, sagte Henti. »Das fällt doch auf!«

»Euer Vater hat es bestimmt gemerkt und Kenamuns Vorarbeiter auch.«

Die Kinder duckten sich schnell an die Mauer eines Heiligtums. Kenamun durfte sie hier nicht sehen! Als er durch das Nordtor ins Dorf verschwand, liefen sie wie auf ein geheimes Stichwort den Friedhofshügel hinauf. Vorsichtig spähten sie in Kenamuns Grabmal. Aber sie konnten nichts Ungewöhnliches entdecken. Die Mauer des kleinen Grabtempels war erst zur Hälfte hochgezogen und das pyramidenförmige Dach fehlte noch. Kein Wunder, denn Kenamun hatte ja noch viele Jahre Zeit, bis er sein Grabmal brauchen würde. Im Hof davor war ein viereckiges Loch im Boden zu erkennen, der Schacht zum unterirdischen Grab. Daneben lagen Steinhaufen vom Ausschachten, ein paar Öllampen und ein vergessener Hammer. Also wirklich nichts Ungewöhnliches. Aber was hatten sie auch anderes erwartet?

Enttäuscht gingen sie schließlich über den Hof und spähten durch die Maueröffnung in den zukünftigen Grabtempel. Sie sahen Steinbrocken und schon fertig behauene Steine für die Wände. Ein pyramidenförmiger Stein mit einem gemeißelten Bild stand geschützt an der Wand. Das Bild zeigte Kenamun bei der Anbetung des Gottes Re. Dieser Stein würde einmal die Spitze des Daches bilden.

»Nur eine ganz normale Baustelle!« Merimoses Stimme klang niedergeschlagen. Als er gerade zurückgehen wollte, rief Sherit plötzlich leise: »Wartet mal!«

Was hat Sherit gesehen?

Der Prozess

Schemu, Zeit der Ernte, 2. Monat, 5. Tag

Am nächsten Morgen saßen die Zwillinge oben auf dem Dach und berieten mit Merimose, was sie tun sollten. Pabekamun hatte ihnen einen guten Rat gegeben. Aber wenn sie ihn auch befolgen wollten, kam das Schwierigste noch auf sie zu. »Wie sollen wir das bloß Vater beibringen?«, fragte Sherit besorgt.

»Aber wir müssen es tun!«, warf Merimose ein. »Es geht um den Wesir!«

»Nicht nur!« Henti hielt es nicht mehr auf der Matte aus. »Es geht um seinen eigenen Schwiegersohn! Und um einen seiner besten Künstler!«

Sherit seufzte verzweifelt. Wie oft hatten sie das seit gestern Abend in ihren Köpfen hin und her gewälzt!

Merimose zuckte die Schultern. »Aber wenn Ramose uns nicht glaubt, haben wir alles vergeblich herausgefunden!«

»Er wird in die Luft gehen!«, stöhnte Henti. »Überlegt doch mal, was wir in Waset alles gemacht haben!«

Ramose würde zornig werden, weil seine Töchter sich in Gefahr gebracht hatten. Und er würde überhaupt kein Verständnis dafür haben, dass sie einfach ins Haus des Bürgermeisters eingedrungen waren, was für einen Grund sie auch immer dafür gehabt hatten.

Vom Nordtor drang plötzlich Lärm und Lachen zu ihnen herüber.

»Ich glaube, da kommen sie schon!«, sagte Merimose.

Die Handwerker und Künstler kehrten vom Großen Platz zu ihren Familien zurück, um alles für das Schöne Fest im Wüstental vorzubereiten. Es blieben ihnen nur noch drei Tage, um Brot zu backen, Bier zu brauen und die Höfe der Grabmäler zu schmücken.

»Jetzt wird es ernst!«, seufzte Sherit. Sie war ebenfalls aufgestanden und schaute über die Dächer zum Nordtor.

Auch der Oberste Schreiber des Grabes kam nach Hause. Und obwohl ein sehr gefährlicher Holzlöwe in seinem Eingangsraum stand, lachte Ramose nur und hob Hesire mit seinem Spielzeug kurzerhand hoch.

»Wo sind denn alle?«, fragte er seinen jüngsten Sohn.

»In der Küche«, antwortete Hesire. »Und auf dem Dach.«

»Dann lass uns mal nachsehen«, sagte Ramose gut gelaunt und ging mit Hesire auf dem Arm weiter.

Hunero und Baket knieten im Küchenhof und beugten sich über flache Steine. Beide hatten einen dicken Klumpen Brotteig vor sich und kneteten ihn auf dem Stein durch.

»Viele Menschen wollen auch viel essen«, sagte Baket und nickte Ramose lächelnd zu. »Wir machen Brot für unser Fest.«

»Mit Honig und Rosinen?«, fragte Ramose und setzte Hesire mit dem Löwen auf den Boden.

»Natürlich!«, antwortete Baket und zwinkerte Hunero zu. »Wir wissen doch, was du magst.«

Hunero stand lachend auf und gab ihrem Mann einen Kuss. »Die Kinder sind oben«, sagte sie. »Irgendetwas scheint sie zu bedrücken, aber sie wollen mir nicht sagen, was. ›Wir warten auf Vater.‹ Das ist das Einzige, was ich aus ihnen herausbekommen habe.«

»Dann will ich gleich mal hinaufgehen.« Ramoses Stimme klang plötzlich ernst. »Hoffentlich ist nichts Schlimmes passiert.«

Baket sah ihn fragend an, doch Ramose lief bereits die Treppe hinauf aufs Dach. Oben sah er erstaunt, dass nicht nur seine Töchter unter dem Sonnensegel saßen, sondern auch Merimose. Und alle drei blickten ihm erwartungsvoll entgegen. Sie schienen wirklich etwas auf dem Herzen zu haben. Zwischen ihnen auf der Matte bemerkte er ein fleckiges Tuch mit Steinscherben. Daneben stand ein kleines Tontöpfchen, das mit einem Stück Tuch verschlossen war.

»Nun?«, fragte Ramose. »Warum wartet ihr auf mich? Hat Ib vielleicht wieder etwas ausgefressen?«

Henti schüttelte den Kopf und blickte zu Sherit hinüber. Jetzt mussten sie mit der Wahrheit herausrücken, es half alles nichts mehr.

»Es ist so«, fing Sherit zögernd an. »Ich glaube, wir wissen, wer den Papyrus gestohlen hat.«

Ramose schaute sie fragend an. »Und wer soll das sein?«

»Kenamun.«

Ramose zog hörbar die Luft ein. »Ihr wisst, dass das eine ungeheuerliche Beschuldigung gegen ein Mitglied unserer Familie ist?« Seine Stimme hatte einen scharfen Klang bekommen.

Die Kinder schwiegen betroffen und blickten zu Boden. Henti zupfte an der Matte herum und zog Schilffäden heraus, bis ihr auffiel, was sie tat, weil Ib es ihr sofort nachmachte.

In die Stille hinein fragte Ramose: »Habt ihr Beweise für diese Beschuldigung?«

Henti nahm ihren ganzen Mut zusammen und sagte leise: »Wir sind Kenamun in Waset gefolgt.«

»Bis ins Haus des Bürgermeisters«, fügte Merimose hinzu.

»In Waset? Ins Haus des Bürgermeisters?« Ramose blickte die Kinder in ungläubigem Staunen an. »Wie seid ihr denn da überhaupt hereingekommen?«

Sherit schluckte. Aber ihr war klar, dass ihr Vater ihnen nur glauben würde, wenn er die ganze Wahrheit kannte. Mutig begann sie zu berichten, was sie herausgefunden hatten.

Ramose setzte sich hin, lehnte sich an die niedrige Mauer, die sein Dach von dem des nächsten Hauses trennte, und hörte zu. Er bekam die gleiche Schilderung der Ereignisse wie am Tag zuvor schon Pabekamun. Die Kinder zeigten ihm auch Imhoteps Nachricht und dazu erzählten sie ihm von Pabekamuns einleuchtender Vermutung, warum und für wen Kenamun den Papyrus gestohlen hatte. Und von seinem Vorschlag, das Dorfgericht tagen zu lassen.

Als sie ihren Bericht beendet hatten, sahen die Kinder Ramose gespannt an. Doch sein Gesicht war grau vor Schreck geworden. Er schwieg mit gerunzelter Stirn, holte dann tief Luft und ließ das erwartete Donnerwetter auf sie los.

»Unter normalen Umständen müsste ich euch jetzt alle bestrafen!«, sagte er zornig. »Was habt ihr euch nur dabei gedacht, euch in solche Gefahr zu bringen? Ihr seid in das Haus des Bürgermeisters eingedrungen. Henti ist gefangen genommen worden. Ihr habt herumgeschnüffelt, wo ihr nichts zu suchen hattet, und dein Cousin, Merimose, hat sogar die Schweigepflicht eines Schreibers verletzt! Und alles wegen dieses ungeheuerlichen Verdachts gegen Kenamun!« Er stockte kurz. »Amun sei Dank, dass ihr wenigstens heil und gesund hier sitzt!«

Vorwurfsvoll blickte er die Kinder an, die kleinlaut dasaßen. Er hatte ja recht! Sogar Ib versteckte sich hinter Henti, denn er kannte Ramoses zornige Stimme nur zu gut.

Nach längerem Schweigen hatte sich Ramose gefasst und fuhr fort: »Ich sagte, unter normalen Umständen. In diesem Fall steht zu viel auf dem Spiel. Ich fürchte,

Pabekamun hat recht mit seinem schrecklichen Verdacht. Und ich gebe es nur ungern zu, aber ohne eure Neugier wären wir dem Komplott des Bürgermeisters nie auf die Schliche gekommen!«

Er schüttelte den Kopf. Was hätte seinen Töchtern und Merimose alles zustoßen können! Aber insgeheim war er trotz allem stolz auf die Kinder und ihren Mut.

»Wir sollten Pabekamuns Rat befolgen. Es fällt mir schwer, aber wir müssen Kenamun sofort vor dem Gericht zum Reden bringen«, sagte er schließlich leise. »Auch wenn er zur Familie gehört. Es steht einfach zu viel auf dem Spiel!«

»Können wir dabei sein?«, bat Sherit. Auch Henti und Merimose blickten ihn fragend an. Sie waren so erleichtert, dass Ramose ihnen glaubte und endlich etwas unternehmen wollte. Und zum ersten Mal, seit er zu ihnen aufs Dach gekommen war, lächelte Ramose. »Ja, ich gebe euch meine Erlaubnis. Schließlich wissen wir nur durch euch vom Ausmaß der ganzen Angelegenheit.«

Die Kinder blickten sich vielsagend an.

»Aber bevor ich das Gericht zusammenrufen lasse«, sagte Ramose, »muss ich noch etwas wissen. Habt ihr eine Ahnung, wo die zweite Hälfte des Papyrus sein könnte?«

Sherit schob das Tontöpfchen auf ihn zu.

»Was ist das?«, fragte Ramose, nahm das Töpfchen in die Hand und hob das Tuch hoch. Es war mit Asche gefüllt. Ramose erschrak. »Doch hoffentlich nicht …«, begann er seine Frage.

»Das wissen wir nicht«, antwortete Henti, die ebenfalls befürchtet hatte, dass es die Asche von einem Papyrus sein könnte. »Wir haben sie gestern in Kenamuns Grabbaustelle gefunden.«

»Er war auf dem Friedhofshügel, als wir aus dem Amuntempel kamen«, erklärte Merimose.

»Er hat etwas verbrannt«, fügte Sherit hinzu. »Der kleine Aschehaufen qualmte noch, sonst hätte ich ihn nicht gesehen.«

»Und dann haben wir etwas von der Asche in ein Töpfchen gefüllt und mitgenommen. Eigentlich gehört das Töpfchen Kenamun …«, fügte Henti hinzu.

»Wollt ihr später bei den Wachsoldaten Pharaos arbeiten?«, fragte Ramose verblüfft. »Ihr seid ja gründlicher als jeder Hauptmann!«

Die Kinder mussten trotz allem lachen. Aber Ramose blieb ernst.

»Nun werde ich wirklich die Weisen zusammenrufen. Ab jetzt müssen wir Erwachsenen uns um den Fall kümmern.«

Ramose stand auf und lief eilig die Treppe wieder hinunter.

»Wo werdet ihr euch versammeln?«, rief Henti ihm nach.

»Beim Grabmal eures Großvaters«, antwortete er von unten. »Das ist der angemessenste Platz.«

Die Kinder sprangen auf, rannten hinter ihm her aus dem Haus und bogen an der Hauptstraße in Richtung Nordtor ab. Sie wollten als Erste beim Grabmal sein.

Ramose eilte inzwischen zu den beiden Vorarbeitern Kenna und Huni und erklärte den Fall. Die beiden bildeten mit dem Obersten Schreiber zusammen das Dorfgericht. Sie alarmierten Hauptmann Nehesi, der sofort seine Soldaten zu Kenamun schickte, damit er sich nicht aus dem Staub machen konnte. Während Merimose und die Zwillinge zu Neferhoteps Grabmal liefen, verbreitete sich die Nachricht über die bevorstehende Gerichtsverhandlung wie ein Lauffeuer. Die Dorfbewohner strömten den Friedhofshügel hinauf. Es fanden zwar nicht alle Platz in Neferhoteps Grabmal, aber wenigstens konnten sie in der Nähe stehen und zuhören. Die drei Kinder hatten bereits gute Plätze im Hof des Grabtempels gefunden und taten genau das, was Pabekamun geraten hatte: Sie hörten zu und beobachteten gespannt die Ereignisse.

Besonders für die Zwillinge war es ein trauriger Anblick, als Kenamun durch die Menschengasse vor das Gericht geführt wurde. Hinter ihm lief die weinende Merit. Kenamun vermied es, sie anzusehen. Und bevor sie ihm noch bis vor das Gericht folgen konnte, nahm Hunero ihre älteste Tochter beiseite und versuchte sie zu trösten.

Die Verhandlung begann. Kenna fragte Ramose, was er Kenamun vorwarf. Obwohl man ihm ansah, wie schwer es ihm fiel, gegen ein Familienmitglied Anklage erheben zu müssen, wiederholte Ramose alle Anschuldigungen, die die Kinder ihm berichtet hatten – von dem nach Lotos stinkenden Fremden und dem Papyrusfetzen in Kenamuns Haus über die Entdeckung der beiden Holzstatuen in seiner Schlafhütte bis zu seinem Besuch in Waset, wo er dem Bürgermeister Hunefer die Hälfte des Papyrus in einer der Holzstatuen gegeben hatte.

Kenna befragte nun Kenamun nach jedem Punkt der Anklage. Doch Kenamun leugnete alles und versank danach in Schweigen!

Der Hilfsschreiber, mit dem die Kinder bei der Grabbaustelle gesprochen hatten, sagte aus, dass Kenamun an mehreren Tagen nicht am Großen Platz gewesen sei. Er kramte umständlich in einem Beutel und holte drei Steinscherben heraus, die er vor Kenna legte. Nacheinander zeigte er auf sie während seines Berichts.

»Zuerst vor vier Tagen. Kenamun hat mittags die Baustelle verlassen, um die Wände seines Hauses zu bemalen.«

»Das stimmt nicht«, flüsterte Sherit ihrer Schwester und Merimose zu. »Da hat er auf Teti gewartet!«

Henti nickte ihr zu. »Außerdem hat Merit die Wände bemalt. Und sie war fertig damit!«

»Dann«, fuhr der Schreiber fort und tippte auf die zweite Scherbe, »vor zwei Tagen. Er hat die Baustelle morgens wieder verlassen, weil er sich krank fühlte und sich in seiner Schlafhütte ausruhen wollte.«

»Unsinn«, wisperte Merimose. »In Waset war er, der Lügner.«

»Und gestern hat er die Baustelle nachmittags verlassen, um die Mauer an seinem Grabtempel weiterzubauen«, beendete der Hilfsschreiber seinen Bericht, sammelte seine Scherben wieder ein und setzte sich.

»Das könnte stimmen«, flüsterte Sherit.

»Ja, fast«, stimmte Henti zu. »Aber vergiss nicht den Aschehaufen!«

»Ich kann diese Aussagen bestätigen«, sagte Huni, Kenamuns Vorarbeiter.

»Aber es sind die gleichen Tage, die ich angegeben habe«, rief Ramose und blickte Kenamun zornig an. »Du hattest Zeit, all das zu tun, was man dir vorwirft.«

Kenamun blickte schweigend zu Boden.

Die Dorfbewohner tuschelten miteinander und sahen sich kopfschüttelnd an. So kam man nicht weiter. Wenn Kenamun beharrlich schwieg, würde das Gericht den Fall nie lösen!

»Und ich habe noch eine weitere Frage an dich. Was hast du in deinem Grabmal verbrannt? War es der Papyrus?«

Ein überraschtes Raunen ging durch die Menge.

»Endlich!«, zischte Henti. »Ich dachte schon, er würde es nie fragen!«

Kenamun antwortete nicht.

»So antworte ich für dich«, sagte Ramose, »denn ich habe hier eine Probe der Asche.«

Er breitete ein Tuch aus und schüttete den Inhalt des Tontöpfchens darauf. Alle reckten die Hälse, um die Asche auf dem Tuch zu sehen.

Henti seufzte erleichtert. »Es sieht nicht aus wie verbrannter Papyrus!«

»Aber es beweist dem Gericht, dass Kenamun auch ein Grabräuber ist!«, fügte Merimose hinzu.

»Arme Merit!«, sagte Sherit. »Jetzt kann niemand mehr Kenamun retten!«

Was hat Kenamun verbrannt und woran erkennen die Kinder, dass es für das Grab Pharaos bestimmt ist?

Das Orakel des Amun

Diese Asche stammt nicht von einem Papyrus«, rief Ramose zornig. »Sie muss von einer der Holzstatuen sein, die Kenamun gestohlen hat.«

Er hatte recht. Auf einem Holzstück war eine Ente zu sehen, die eine kleine Sonnenscheibe auf dem Rücken trug.

»Sa Re«, flüsterte Henti. »Sohn des Re. Wie an der Wand in der Grabbaustelle. Erinnert ihr euch?«

»Ja«, sagte Sherit. »Es ist einer von Pharaos Titeln.«

»Er hat die zweite Holzstatue verbrannt«, stellte Merimose sachlich fest, »weil sie ihm wahrscheinlich zu gefährlich wurde.«

Zu dem gleichen Schluss war Ramose gekommen, zumal auf einem anderen Holzsplitter auch noch ein Stück vom Namen des Pharao zu lesen war. Er teilte dem Gericht seine Beobachtung mit und wiederholte seine Anklage für den Diebstahl der Statuen. Doch diesmal nannte er es Grabraub.

Merimose und die Zwillinge beobachteten, wie Kenamun immer mehr in sich zusammensank. Er schwieg auch dazu, aber die Bewohner des Dorfes machten erschrockene Gesichter. Grabraub war eines der schlimmsten Vergehen, das sie kannten. Es wurde mit dem Tod bestraft. Manche blickten ängstlich zum Berg Dehenet empor. Sie hatten die gleichen Gedanken wie die Kinder am Tag zuvor: Hoffentlich zürnte die Göttin Meretseger ihnen nicht, weil ein Grabräuber mitten unter ihnen wohnte! Hoffentlich rächte sie sich nicht mit ihrem Gift an ihnen oder schlug sie mit Blindheit!

Kenna griff nun zu einem Mittel, das schon oft Verhandlungen entschieden hatte. Er vereidigte Kenamun. Bei vielen hatte es etwas genutzt, denn die meisten Gesetzesbrecher scheuten sich, unter Eid zu lügen.

»Kannst du den Großen Eid beim Herrn leisten«, fragte er Kenamun, »und sprechen: ›Ich bin nicht der, der diese Verbrechen begangen hat‹?«

Kenamun zögerte kurz, aber sprach dann laut und deutlich: »So wahr Amun dauert! So wahr der Herrscher dauert, dessen Zorn unheilvoller ist als der Tod, nämlich der Pharao, er lebe, sei heil und gesund! Ich bin es nicht, der diese Verbrechen begangen hat.«

Ein Raunen ging durch die Menge. Kenamun hatte tatsächlich den Großen Eid beim Herrn geleistet. Wenn sich herausstellen würde, dass er log, dann hatte er sogar noch einen Meineid geschworen!

»Wie kann er das bloß machen?«, zischte Henti empört. »Alles spricht doch gegen ihn!«

»Er versucht, seine Haut zu retten«, antwortete Merimose. »Das ist schon ganz anderen Leuten auf diese Art gelungen. Seltsamerweise!«, fügte er hinzu.

»Ich glaube dir nicht, auch wenn du den Großen Eid beim Herrn sprichst«, rief Ramose. Doch seine Stimme zitterte leicht, als er Kenamun beschuldigte, die zweite Hälfte des Papyrus immer noch in seinem Haus oder in seinem Grabmal zu verstecken.

Kenamun antwortete nicht.

»Er sollte Pabekamuns Rat befolgen!«, wisperte Henti. »Das Gericht sollte ihn jetzt holen!«

»Ja, sonst finden wir den Papyrus nie!«, sagte Sherit besorgt.

»Das macht er bestimmt!«, antwortete Merimose überzeugt. »Es bleibt ihm ja nichts anderes übrig.«

Und tatsächlich verlor Ramose nun endgültig die Geduld mit seinem Schwiegersohn.

»Ich fordere euch auf, das Orakel des Amun zu befragen. Wenn Amun uns den Weg zu der zweiten Hälfte des Papyrus zeigt, werden wir wissen, wer der Dieb ist!«

Die Dorfbewohner hielten den Atem an. Kenamun blickte rasch zu Ramose hinüber. Etwas wie Angst blitzte in seinen Augen auf. Aber dann senkte er wieder den Kopf.

Das Gericht entschied, dass das Orakel des Amun befragt werden sollte, und beauftragte zehn der anwesenden Künstler, mit Huni zu Pabekamun zu gehen, um ihm die Entscheidung mitzuteilen und ihm bei der Orakelprozession zu helfen. Sie würde im Dorf stattfinden.

Deshalb wurden nun alle dorthin zurückgeschickt, um auf das Orakel zu warten. Kenamun blieb in dieser Zeit unter der Aufsicht von Hauptmann Nehesi und Horimin.

Langsam leerten sich die Wege um Neferhoteps Grabmal. Auch die Kinder eilten zurück zum Dorf und warteten mit den anderen vor dem Nordtor. Das hatte Pabekamun also gemeint! Ein Orakel!

Im Allgemeinen waren Orakel nichts Bedrohliches. Man ging zum Schreiber und der schrieb die Frage, die man stellen wollte, auf eine Steinscherbe. Dann brachte man die Scherbe in das Heiligtum des Gottes, von dem man eine Antwort erhoffte. Man tat dies, wenn man selbst auf ein Problem keine Antworten mehr wusste. Meist ging es um ganz normale Fragen und Sorgen: Werde ich den Dieb meiner Matte finden? Bedeuten meine Träume etwas Schlimmes? Werden wir pünktlich unser Korn und Öl erhalten?

Auch Henti und Sherit hatten das schon gemacht. Sie hatten damals Neferhotep gebeten, ihren sehnsüchtigsten Wunsch auf eine Steinscherbe zu schreiben: »Werden wir ein Äffchen bekommen?« Lächelnd hatte Neferhotep geschrieben und beobachtet, wie eifrig die beiden mit ihrer Scherbe zum Heiligtum der Ma'at gelaufen waren. Kurz darauf hatte er ihnen Ib geschenkt. Da gab es zwar einen Zusammenhang – aber Henti und Sherit glaubten bis zum heutigen Tag fest daran, dass Ma'at ihnen dabei geholfen hatte, Neferhotep zu überreden.

Ein Orakel in einem Prozess war dagegen etwas Bedrohliches, das jeder spürte, der es miterlebte.

Die Kinder mussten mit den Dorfbewohnern eine ganze Weile am Nordtor warten. Re war mit seiner Sonnenbarke am höchsten Punkt des Himmels angelangt und schon weitergefahren, als die Prozession sich endlich langsam vom Amuntempel auf das Dorf zu bewegte.

Pabekamun führte sie an. Sechs der Künstler hatten sich den Reinigungszeremonien unterzogen und folgten dem Priester mit einer Sänfte auf ihren Schultern, auf der die Statue des Gottes Amun stand. Vier weitere Künstler begleiteten sie mit Straußenfederwedeln und hüllten die Sänfte des Gottes in Weihrauch. Nehesi und Horimin führten Kenamun herbei, als die kleine Prozession das Dorf erreichte. Ramose und die Mitglieder des Gerichts hatten sich schon beim Nordtor versammelt und erwarteten den Gott.

»Amun, leihe dein Ohr denen, die sich an dich wenden!«, rief Kenna feierlich. »Denen, die Antwort auf eine Frage suchen: Lebt in unserem Dorf der Dieb, der einem von uns einen Papyrus stahl? Komm zu uns, Amun, und rede zu unseren Herzen.«

Der Zug bewegte sich jetzt weiter durch das Nordtor. Die Träger hatten sehr ernste und konzentrierte Gesichter, denn sie hatten eine schwere Aufgabe: Sie mussten rechtzeitig spüren, wenn Amun sich äußerte. Die Mitglieder des Gerichts, Hauptmann Nehesi und Horimin mit Kenamun folgten der Sänfte. Direkt dahinter kamen

Hunero, die die verzweifelte Merit stützen musste, dann die Kinder und die anderen Dorfbewohner.

Vor jedem Haus blieb Pabekamun stehen und las die Namen der Eigentümer an den Hauswänden vor: »Kaha! Nefersenut! Harnufer! Bakenmut! Pashed! Ipui! Amunnacht!«

Die Zwillinge blickten Merimose erschrocken an, als Pabekamun den Namen seines Vaters rief. Auch Merimose hielt den Atem an. Es war zwar absolut unmöglich, dass Amunnacht etwas mit der Sache zu tun hatte, aber auch Merimose, Henti und Sherit hatte die unheilvolle Atmosphäre Angst eingejagt. Amun fand jedoch an keinem der Häuser etwas auszusetzen.

Als die Prozession schließlich vor Kenamuns Haus stehen blieb und Pabekamun seinen Namen rief, ging eine Veränderung mit den Trägern der Sänfte vor. Langsam, als würde etwas sie dazu zwingen, traten sie einen Schritt vor. Merit schrie auf und Hunero hielt sie fest in ihren Armen.

»Er war es!«, wisperte Sherit. »Jetzt kann er es nicht mehr leugnen.«

Auch Kenamun schien zu begreifen, dass er verloren war. Die Kinder beobachteten, wie er anfing zu zittern. Es sah fast so aus, als würde er von irgendetwas geschüttelt. Sein Gesicht zeigte eine so abgrundtiefe Angst, dass er ihnen schon fast leidtat. Dann brach er zusammen. Langsam wichen die Menschen um ihn herum vor ihm zurück. Amun sprach auch durch Kenamuns Körper von seiner Schuld, und das erschreckte sie.

Kaum öffnete Kenna die Tür zu Kenamuns Haus, fing Ib aufgeregt an zu keckern, bleckte die Zähne und sprang aus Hentis Armen. Wie der Blitz war er im Haus verschwunden.

Sofort lief Henti hinter ihm her. Kenna und Huni folgten den beiden, vorbei an dem großen Hausaltar im Eingangsraum mit dem Schutzgott Bes, den Merit in glücklicheren Tagen auf die Wände gemalt hatte, damit er Unheil vom Haus fernhielt. Sie drangen weiter in den Raum mit der Säule vor und bis in den Küchenhof.

Und da stand Henti und hielt ihnen die zweite Hälfte des Papyrus entgegen. Ib beobachtete sie aus der sicheren Ecke neben dem Ofen.

Wo hat Ib den Papyrus entdeckt?

Im Palast des Wesirs

Schemu, Zeit der Ernte, 2. Monat, 8. Tag

Nicht lange nach dem Orakel Amuns kümmerten sich Hunero und die alte Baket im Eingangsraum von Kenamuns Haus um Merit, die nur noch ein Häufchen Elend war. Baket versprach, erst einmal bei ihr zu bleiben.

Merimose und die Zwillinge saßen unterdessen mit Kenamun und den Mitgliedern des Dorfgerichts im Säulenraum. Ramose hatte den Kindern erlaubt, bei der folgenden Befragung dabei zu sein. Immerhin waren sie es gewesen, die das Dorfgericht auf die richtige Spur gebracht hatten. Auf dem Tisch vor ihnen lag die zweite Hälfte der Papyrusrolle.

Amun hatte sich nicht geirrt. Sein Orakel hatte offenbart, dass Kenamun schuldig war. Und es war Ib gewesen, der es bewiesen hatte. Es war ihm wohl genau im richtigen Moment eingefallen, wo er den Papyrusfetzen entdeckt hatte, mit dem alles begonnen hatte.

»Als ich in den Küchenhof kam, sah es da aus wie vor

vier Tagen«, erzählte Henti den anderen leise und streichelte Ib dabei. »Überall Gerstenkörner! Und als ich dann die Papyrusrolle in dem umgefallenen Vorratskrug stecken sah, war mir alles klar.«

»Und da sieht man sogar die Stelle, wo die Ecke fehlt!« Merimose schüttelte den Kopf. »Ib hat sie also selbst abgerissen!«

Ramose hob die Hand, damit sie schwiegen, und fragte dann seinen Schwiegersohn: »Willst du nicht endlich gestehen?«

Kenamun sah ihn schuldbewusst an, und dann brach er sein Schweigen. Er war offenbar sogar so erleichtert, endlich reden zu können, dass seine Geschichte nur so aus ihm heraussprudelte.

»Hunefer hat mich regelrecht zu dem Diebstahl verführt«, seufzte er. »Er hat mich kurz nach Neferhoteps Tod angesprochen und gesagt, er würde meine Begabung bewundern. Deshalb wolle er sich Merit und mir gegenüber großmütig zeigen und uns eine Gelegenheit geben, zu Reichtum zu kommen.«

Hunefer hatte Kenamun ein Stück fruchtbares Land angeboten, das Merit und ihm ein Leben lang gute Einkünfte bringen würde, wenn er ihm dafür Neferhoteps Papyrus besorgte. Lange hatte Kenamun gezögert, denn er wollte nicht zum Dieb an seiner eigenen Familie werden. Aber die Versuchung war zu groß gewesen.

»Es war so einfach, den Papyrus zu stehlen!«, erzählte er. »Ich wusste doch, dass Baket oft Neferhoteps Haus verlässt, um zu Hunero zu gehen. Das Haus steht dann leer und unbewacht. Es war so leicht!« Er schüttelte den Kopf.

Danach hatte er sich jedoch lange nicht entscheiden können, Hunefer den Papyrus auch wirklich zu bringen. Er wusste doch, dass es unrecht war! Er hatte kaum noch an etwas anders denken können, sodass seine Arbeit am Großen Platz sogar darunter gelitten hatte.

»Dann meldete sich Teti und besuchte mich. Der Bürgermeister wolle wissen, ob ich den Papyrus endlich hätte, sagte er. Teti hat mich sogar bedroht, weil Hunefer ungeduldig wurde. Und das hat mich stutzig gemacht.«

Schlagartig war Kenamun klar geworden, mit was für Menschen er sich eingelassen hatte. Aber es war ihm auch klar, dass er nicht mehr zurückkonnte. In den Augen des Bürgermeisters wusste er schon zu viel.

Da hatte er zu seiner eigenen Sicherheit den Papyrus zerschnitten. Er hatte Hunefer eine Hälfte gebracht und ihn schwören lassen, ihn nicht verfolgen und töten zu lassen, sondern ihm die Belohnung für sein Schweigen zu geben. Hunefer hatte es ihm zähneknirschend zugesichert.

»Ich habe mich wirklich gewundert, wie schnell der Bürgermeister dazu bereit gewesen ist. Aber ich schwöre, ich weiß nicht, was er mit dem Papyrus vorhat.«

Erschrocken über Hunefers Niedertracht und Kenamuns Dummheit hörten die Kinder zu, bis Henti es nicht mehr aushielt.

»Aber warum hast du die Statuen Pharaos gestohlen?«, fragte sie. »Das war doch nicht nötig! Das ist doch Grabraub!«

Kenamun sah sie zerknirscht an. »Ich hatte einen großen Fehler gemacht. Dann wusste ich mir nicht mehr zu helfen und wollte nur noch meine Haut retten. Das ist der Grund.«

Die Statuen waren nämlich gute Verstecke für die beiden Papyrushälften, weil sein Diebstahl inzwischen aufgefallen war. Wenn alle nach einem Papyrus suchten, war eine Statue unauffällig. Aber der Besitz der zweiten Statue wurde ihm doch zu gefährlich, also hatte er sie verbrannt.

»Ich dachte, ihr könntet nichts unternehmen, wenn ich beim Prozess schweige«, gestand er noch ganz zum Schluss reumütig. Er wusste, was er getan hatte. Und er bereute es. Diebstahl, Grabraub und Meineid waren schwere Vergehen. Sein Leben war verwirkt. Er konnte nur noch auf die Gnade des Wesirs hoffen.

Traurig sahen die Zwillinge ihn an. Auch Ramose war bestürzt, als er Hauptmann Nehesi und Horimin hereinrufen musste, damit sie Kenamun zum Wachposten am Ausgang des Tals begleiteten. Von dort sollte er zum Gericht in Waset gebracht werden, wo der Wesir das Urteil sprechen würde.

Ramose, Kenna und Huni setzten sich zusammen und verfassten aus den Notizen des Hilfsschreibers einen Bericht der Verhandlung für den Wesir.

»Wir müssen Antef auch über Pabekamuns Verdacht gegen Hunefer und den Hohepriester Herihor informie-

145

ren«, sagte Ramose bestimmt. »Aber dafür brauche ich eure Hilfe«, wandte er sich an die Kinder, »damit wir keine Fehler machen. Das Komplott bedeutet einen ungeheuren Verdacht gegen zwei hochgestellte Persönlichkeiten! Und ihr und Imhotep seid unsere einzigen Zeugen.«

So genau wie möglich erinnerten sich die Kinder noch einmal an ihre aufregenden Erlebnisse in Waset und an die Schlüsse, die sie zusammen mit Pabekamun daraus gezogen hatten. Erst am späten Abend dieses anstrengenden Tages war der Bericht fertig, und sie konnten verantworten, ihn Antef zu senden.

Ramose ließ ihn gleich am nächsten Morgen mit einem Boten zum Wesir bringen. Dessen Antwort kam einen Tag später, am Tag vor dem Fest. Und sie versetzte alle Beteiligten in Aufregung. Antef lud die Mitglieder des Dorfgerichts und die, die an der Lösung des Falles beteiligt waren, zu sich in den Palast! Auch die drei Kinder vom Platz der Wahrheit und Imhotep mit seinem Vater Hori.

Als der Tag des Festes kam, verlief er ganz anders, als sie alle sich das vorgestellt hatten. Normalerweise wären sie morgens mit allen anderen Dorfbewohnern zum Ufer hinuntergelaufen, um die Ankunft der vergoldeten Barke zu erleben, mit der Amun über den Nil zu ihnen kam, begleitet von Pharao und dem Hohepriester. Sogar die Geister der Toten wären gekommen, um dieses Schauspiel zu sehen. Auch der Geist ihres Großvaters, das glaubten sie fest.

146

So aber fuhren Henti, Sherit und Merimose mit ihren Vätern und den beiden Vorarbeitern selbst schon im Morgengrauen über den Nil. Und weil Henti nicht ohne Ib gehen wollte, war auch er dabei. Schließlich hatte er Kenamuns Diebstahl als Erster entdeckt und ihn dann auch noch bewiesen.

Am Stadtkai von Waset wurden sie von Hori und Imhotep erwartet. Rasch gingen sie alle zum Palast des Wesirs. Ein Wächter empfing sie und führte sie sofort zu seinem Herrn.

Der Raum, den sie betraten, war voll kostbarer Dinge. Wandbehänge aus fein gewebtem Stoff, bemalte Säulen, große Pflanzen – so etwas Ähnliches hatten sie schon bei Hunefer gesehen. Im Vergleich zu diesem Raum war der Säulenraum im Haus des Bürgermeisters allerdings sehr bescheiden. In einer silbernen Schale auf einem verzierten Tisch lagen Honigkuchen, Granatäpfel, Feigen und Trauben. Und neben einem vergoldeten Stuhl am anderen Ende des großen Raumes stand Antef und blickte ihnen entgegen.

Während die Kinder auf den Wesir zugingen, betrachteten sie den zweitmächtigsten Mann des Landes. Antef stammte aus einer alten Schreiberfamilie, in der schon seit mehreren Generationen das Amt des Wesirs weitervererbt wurde, wenn Pharao es gestattete. Er wurde ›Wille, Auge und Ohr Pharaos‹ genannt. Und er trat auch so auf. Der Wesir trug seine Amtsrobe, die bis zu den Füßen reichte, und hatte einen blitzenden, breiten Schmuckkragen aus Halbedelsteinen umgelegt. Aber

Henti und Sherit gefiel die kleine Figur der Ma'at am meisten, die an einer goldenen Kette um seinen Hals hing. Sie war sein Amtszeichen, denn er war der Göttin der Wahrheit und Ordnung verpflichtet. Er war genau der Richtige für sein Amt als oberster Herr der Künstler und Handwerker am Platz der Wahrheit.

Antef hielt einen Papyrus in der Hand. Es war der Bericht des Prozesses, den das Dorfgericht geschrieben hatte.

Als sie schließlich vor ihm standen, verneigten sich die Gäste des Wesirs tief vor ihm.

»Seid willkommen«, begrüßte Antef sie freundlich, »und lasst uns sofort zur Sache kommen. Das Schöne Fest im Wüstental wird gleich beginnen. Ich muss dabei sein, denn es liegt in meiner Verantwortung. Aber vorher möchte ich euren Verdacht gegen den Bürgermeister Hunefer geklärt wissen.«

Er gab dem Wächter ein Zeichen, der sich verneigte und rasch wieder aus dem Raum ging.

»Nun«, sagte der Wesir, hielt den Papyrus hoch und blickte die vier Kinder an. »Ich lese hier, dass die Aufdeckung der Verschwörung gegen mich eurer Umsicht zu verdanken ist. Was hat euren Verdacht erregt?«

Und wieder erzählten die Kinder davon, wie der Diebstahl von Neferhoteps Papyrus sie bis nach Waset ins Haus des Bürgermeisters geführt hatte.

»Aber erst mit Pabekamuns Hilfe haben wir die Verschwörung durchschaut«, schloss Merimose den Bericht. »Er kennt den Hohepriester Herihor.«

»Und ich kenne Pabekamun und bin ihm dankbar«, sagte Antef. Er blickte rasch zur Tür und rief: »Bringt sie herein!«

Als seine Gäste sich umdrehten, sahen sie, dass die Wächter Hunefer und Teti hereinführten. Einer der Wächter hielt die Statue in der Hand, in der sich die zweite Hälfte des Papyrus befand. Aber ihr Rücken war verschlossen.

Die Kinder erkannten den Bürgermeister und seinen Diener kaum wieder. Teti war vor Aufregung ganz grau im Gesicht und schien außer der Gestalt des Wesirs niemanden im Raum zu sehen. Er trug keine Perücke und kein Lotosduft umgab ihn wie eine Wolke. Mit gesenktem Kopf fiel er vor Antef auf die Knie, wie es von einem Diener erwartet wurde.

Hunefer dagegen versuchte, ein wenig von seiner Würde zu bewahren. Er verneigte sich vor dem Wesir und fragte dann mit erhobenem Kopf: »Warum hast du mich holen lassen? Die Bewohner Wasets wundern sich, wenn ihr Bürgermeister nicht beim Fest erscheint.«

»Die Bewohner Wasets werden sich umso mehr wundern, wenn sie hören, was für ein niederträchtiger Mensch ihr Bürgermeister ist!«, erwiderte Antef kühl. Er wies auf seine Gäste und fragte: »Kennst du diese Leute?«

Hunefer blickte sich um und nahm die Menschen im Raum zum ersten Mal überhaupt wahr. Er überflog die Gesichter der Kinder, stutzte bei Imhotep, erkannte die Mitglieder des Dorfgerichts vom Platz der Wahrheit und sagte schließlich: »Hori? Was tust du hier? Du bist …«

»Ich habe sie alle rufen lassen«, unterbrach ihn Antef scharf, »denn sie sind Zeugen in einem Verschwörungsfall gegen mich, den ich heute aufzuklären gedenke.«

Hunefer sackte kurz in sich zusammen, fing sich aber sofort wieder. »Eine Verschwörung?«, fragte er ungläubig. »Gegen dich? Gegen Willen, Auge und Ohr Pharaos? Unmöglich!«

Das war dreist! Empört blickten die Kinder ihn an. Er war ja sogar ein noch besserer Lügner als Kenamun!

»Die Suche nach den Verschwörern führte uns in dein Haus und zu einer Statue, Hunefer!«, sagte Antef mit gefährlich blitzenden Augen. »Und du wagst es noch zu lügen?«

Jeder wäre unter dem eisigen Blick des Wesirs zusammengebrochen. Aber Hunefer gab nicht auf.

»In mein Haus?«, fragte er. »Zu einer Statue? Aber das ist doch keine Verschwörung! Der Schnitzer hat sie mir zur Begutachtung gegeben. Pharao, er lebe, sei heil und gesund, soll nur die schönsten und besten Dinge in seinem Grabmal vorfinden!«

Henti blickte die anderen Kinder empört an. Hunefer war ein Schurke! Das stand jetzt wirklich fest.

Antef winkte den Wächter mit der Statue heran. Er nahm sie ihm aus der Hand und reichte sie Sherit.

»Zeig uns, was die Statue verbirgt!«, sagte er zu ihr.

Mit zitternden Fingern öffnete Sherit den Rücken der Statue. Hoffentlich war der halbe Papyrus noch da!

Erleichtert holte sie schließlich die Rolle aus der Figur und übergab sie Antef.

»Was hast du dazu zu sagen?«, fragte Antef den Bürgermeister.

Hunefer zuckte betont gleichgültig mit den Schultern. »Kindliche Spiele. Ich weiß nichts davon. Ich habe die Statue nie geöffnet.«

Wenn Antef vorher schon zornig gewesen war, so verlor er jetzt wirklich die Geduld.

»Dann lass uns hören, ob es sich tatsächlich um Kinderspiele handelt.«

Er forderte die Kinder auf, ihre Anschuldigungen gegen den Bürgermeister zu wiederholen.

Es war nicht leicht, in Anwesenheit des Wesirs Hunefer ins Gesicht zu sagen, was sie über ihn herausgefunden hatten. Aber stolz beobachteten Ramose und Hori, wie ihre Kinder der Aufforderung des Wesirs nachkamen.

Als sie geendet hatten, hielt Antef dem Bürgermeister die Rolle vor die Augen.

»Ist es nicht so?«, fragte er ihn. »Hast du nicht versucht, mithilfe dieses Papyrus mein Amt an dich zu reißen?«

Die Wächter mussten Hunefer stützen, denn ihm versagten die Beine. Mehr Beweise brauchte Antef nicht.

»Geh mir aus den Augen!«, rief er und gab den Wächtern ein Zeichen. »Ich will dich und deinen Diener vor dem Prozess nicht mehr sehen!«

Als die Wächter mit den beiden Übeltätern den

Raum verlassen hatten, wandte sich Antef seinen Gästen zu und überreichte Ramose die Papyrusrolle.

Henti und Sherit sahen sich glücklich an. Endlich hatten sie auch die zweite Hälfte des Papyrus wieder und der Letzte Wille ihres Großvaters konnte erfüllt werden!

Doch bei aller Freude spürte man, dass Henti noch nicht zufrieden war.

»Und was geschieht mit dem Hohepriester?«, platzte sie heraus.

Ihr Vater sah sie erschrocken an, weil sie es wagte, den Wesir so direkt anzusprechen.

Doch Antef blieb freundlich. »Um Herihor kann ich mich leider noch nicht kümmern«, antwortete er. »Er ist in diesem Augenblick mit Pharao im Allerheiligsten des Amun, weil beide den Gott auf seiner Reise zum Wüstental begleiten. Aber ich werde Pharao nach dem Fest über alles informieren. In diesem Fall wird er den Hohepriester und den Bürgermeister selbst aburteilen.«

Da fasste sich Sherit ein Herz und stellte eine Frage, die ihr auf der Seele brannte, seit sie Merit weinen gesehen hatte: »Und was passiert mit Kenamun?«

»Mit dem Dieb des Papyrus?«, fragte der Wesir. »Auch er wird mir nach dem Fest vorgeführt. Er hat den Tod verdient, denn er hat auch Pharao bestohlen.«

Henti und Sherit wussten das. Aber als Antef es jetzt bestätigte, blickten sie ihn so erschrocken an, dass er sie fragte: »Wollt ihr für ihn bitten?«

Die Zwillinge nickten. »Er ist der Mann unserer

Schwester. Er gehört zur Familie. Und er hofft auf deine Gnade«, sagte Sherit bittend.

»Ich kann ihn nicht freisprechen«, antwortete Antef bedauernd, »aber ich werde ihn befragen. Und wenn er geständig ist, wie es schon in eurem Bericht steht«, wandte er sich auch an die Mitglieder des Dorfgerichts, »und er seine Taten bereut, werde ich ihm sein Leben schenken. Doch er wird in den Steinbrüchen in der Wüste arbeiten und nicht wieder in euer Dorf zurückkehren.«

Henti und Sherit senkten die Köpfe. Mehr konnten sie für Kenamun nicht tun. Merit würde jedoch auch dieses Urteil kaum ertragen können!

»Ich danke euch noch einmal, dass ihr gekommen seid«, sagte Antef zu den Kindern. »Ihr habt mich geschützt und damit Pharao und dem Land einen großen Dienst erwiesen.« Er ging zu einem kleinen Tisch und öffnete eine Schatulle. »Für gewöhnlich werden nur Soldaten des Pharao ausgezeichnet, wenn sie sich im Kampf gegen unsere Feinde bewährt haben«, erklärte er. »Aber es steht in meiner Macht, auch euch auszuzeichnen, denn ihr habt einen ganz besonderen Kampf für das Land geführt – und gewonnen!«

Damit legte der Wesir jedem von ihnen eine Kette um, an der eine kleine goldene Fliege hing. »Und ihr wart dabei so hartnäckig, wie es die Fliegen sind!«, fügte er lächelnd hinzu.

Sprachlos vor Stolz und Freude sahen die Kinder ihn an und bedankten sich für die große Ehre.

»Und nun muss ich mich von euch verabschieden«, fuhr der Wesir fort und wollte gerade weitersprechen, da wurde er unterbrochen, weil ihm etwas um den Hals sprang.

»Ib!«, rief Henti. »Komm sofort hierher!« Sie hatte vor lauter Aufregung gar nicht gemerkt, dass er nicht mehr auf ihrem Arm war. Aber der Wesir lachte nur, denn Ib überreichte ihm feierlich eine Feige aus seiner eigenen Obstschale.

»Wenn nur alle Diebe gestohlene Dinge gleich wieder zurückgeben würden!«, sagte Antef lachend und nahm Ib die Feige aus der Hand. »Es wäre viel gewonnen!«

Henti nahm Ib wieder auf den Arm und alle verließen den Wesir, der sich beeilte, seine Aufgaben beim Schönen Fest im Wüstental zu erfüllen. Ein Wächter begleitete sie zum Tempelkai, damit sie die Abfahrt Amuns aus nächster Nähe sehen konnten. Weil er dabei war, hatten sie keine Probleme, sich einen Weg durch die vielen Menschen zu bahnen, die sich neugierig nach ihnen umsahen. Die Begleitung eines Wächters war ungewöhnlich, und besonders wichtig sahen die Leute vom Platz der Wahrheit nicht aus. Obwohl die Kinder die Auszeichnung der Soldaten des Pharao um den Hals trugen! Wer mochten sie wohl sein?

Sherit drehte sich zu den anderen um.

»Wisst ihr noch, vor ein paar Tagen oben bei den Schlafhütten?«, fragte sie strahlend. »Da wollte ich so gerne Amuns Barke vom Tempelkai aus sehen! Und jetzt bin ich hier!«

»Bei den wichtigen Leuten!«, grinste Merimose.

»Oder den bald nicht mehr so wichtigen!«, fügte Imhotep hinzu. »Da vorne die Frau mit den Kindern. Das ist die Frau des Bürgermeisters.«

Die drei vom Platz der Wahrheit sahen sofort, wen er meinte. Eine herrisch aussehende und mit Schmuck beladene Frau in einem Kleid aus feinstem Stoff. Ihre teure, hohe Perücke bewegte sich ständig hin und her, denn sie blickte sich immer wieder um, als suche sie jemanden. Dabei versuchte sie mithilfe einer Dienerin, ihre lärmenden Kinder zu bändigen.

»Was passiert mit ihr, wenn Hunefer verurteilt ist?«, fragte Henti, die ahnte, nach wem die Frau Ausschau hielt.

»Nicht viel«, antwortete Imhotep. »Sie ist die Tochter eines reichen Kaufmanns aus Waset und hat eigenen Besitz. Davon kann sie sehr gut leben.«

Sherit schüttelte traurig den Kopf. »Für Merit wird es nicht so leicht sein!«

»Wir werden ihr alle helfen!«, sagte Merimose fest.

»Seht mal da!«, rief Imhotep. »Das Staatsschiff Pharaos!«

Die Menschen auf dem Kai verneigten sich tief, als das riesige, vergoldete Schiff die Barke Amuns durch den Kanal vom Tempel zum Nil zog. Aber die Kinder hoben die Köpfe wieder ein wenig an, denn sie wollten nichts von dem Anblick verpassen.

Reihen von Ruderern bewegten das große Schiff vorwärts. Während der Fahrt zum westlichen Ufer standen

155

Pharao und Herihor vor dem Schrein Amuns auf der Barke und opferten ihm auf Altären Weihrauch und Nahrungsmittel. Es war ein überwältigender Anblick.

»Er ist so scheinheilig, dieser Hohepriester!« Merimose flüsterte, damit niemand der Umstehenden ihn hören konnte.

»Pabekamun hat recht«, antwortete Henti genauso leise. »Er sieht furchtbar eingebildet aus.«

Die anderen nickten. Sie konnten zwar alle Herihors Gesicht nicht erkennen, aber seine Haltung verriet seinen Stolz und seine Überheblichkeit. Er führte den Titel ›Erster Prophet Amuns‹, war der Berater Pharaos und der Einzige neben dem Herrscher, der in die magischen Zeremonien des Allerheiligsten Amuns eingeweiht war.

»Er wird nicht mehr lange Hohepriester sein!«, stellte Imhotep zufrieden fest. »Er weiß es nur noch nicht.«

Als das Schiff am westlichen Ufer angekommen war, trugen die Priester den goldenen Schrein Amuns von der Barke und stellten ihn auf eine kleinere Nachbildung. Mit langen Tragstangen hoben sie die kleinere Barke mit dem Schrein auf ihre Schultern und begannen, angeführt von Pharao und seinem Hohepriester, ihren Weg über die Prozessionsstraße zu den Totentempeln der vergangenen Pharaonen.

Während in Waset nun mit Musik und Tanz gefeiert wurde, liefen Hori und Imhotep mit den anderen zurück zum Stadtkai. Nicht nur Huni und Kenna wollten so schnell wie möglich hinüber zum Platz der Wahrheit, um das Fest mit ihren Familien zu feiern. Horis Familie war bereits im Haus seines Bruders Amunnacht angekommen. Imhotep und Merimose würden das Fest also zusammen verbringen.

Auch die Zwillinge gingen mit Ramose nach Hause. Hunero erwartete sie mit fragendem Gesicht im Säulenraum. Aber ihre Töchter liefen als Erstes zu Ramoses Truhe an der Wand, holten die eine Hälfte des Papyrus heraus und fügten sie mit der zusammen, die Antef ihnen am Morgen zurückgegeben hatte.

»Es fehlt nichts!«, riefen sie erleichtert.

Ramose kam rasch zu ihnen herüber. »Amun sei Dank! Pabekamun wird sich freuen.«

Die Zwillinge erzählten Hunero alles über ihren Besuch beim Wesir. Hunero verstand kaum ein Wort, weil sie beide durcheinanderredeten, Ib laut zeterte und Hesire auf und ab sprang und dabei »Wesir, Wesir, Wesir!« rief. Aber als sie ihr die kleinen goldenen Fliegen zeigten, die sie als Auszeichnung bekommen hatten, nahm Hunero ihre Töchter stolz in die Arme. »Lasst uns zu Neferhotep gehen«, sagte sie dann. »Er wartet auf uns.«

Auf dem Friedhofshügel war es sehr lebendig. Überall hörte man Sprechen und Lachen aus den Tempelhöfen. Die Familien feierten hier das Fest in der Nähe ihrer Toten, damit sie dabei sein konnten. Und der Hof von Neferhoteps Grabmal sah völlig anders aus als noch vor drei Tagen. Er war mit Blumengirlanden geschmückt. Platten voller Nahrungsmittel und Krüge voll Bier und sogar Wein standen da, auch auf der Opferschale für

Neferhoteps Ka lagen Honigbrot und Granatäpfel. Und es gab gebratenes Fleisch, was etwas ganz Besonderes war. Pharao hatte es zum Platz der Wahrheit geschickt, damit seine Künstler und Handwerker wirklich feiern konnten. Es wurde noch schmackhafter, wenn man sich von den kleinen Salzkegeln etwas abschabte, die zusammen mit der Fleischlieferung im Dorf angekommen waren.

Aber am schönsten war für die Zwillinge, dass die alte Baket es geschafft hatte, Merit zu überreden, trotz allem mit ihnen zu feiern. Merit hatte ihre Harfe mitgebracht, spielte nun alle Melodien, die ihr einfielen, und sang dazu.

Später, als die Sonne schon fast unterging und in den Grabtempeln die Öllampen entzündet wurden, kam Pabekamun. Ramose hatte ihn eingeladen, weil er und seine Töchter ihm eine besondere Festtagsfreude machen wollten.

Feierlich gingen die Zwillinge auf Pabekamun zu.

»Wir überreichen dir Neferhoteps Papyrus«, sagten sie. »Wir sind froh, dass es heute geschieht, weil Großvaters Ka dabei sein kann und weiß, dass du ihn wirklich bekommst.«

»Ich danke euch dafür!«, antwortete Pabekamun gerührt und nahm die Rolle entgegen.

Dann setzte er sich zu ihnen und feierte mit der Familie seines alten Freundes.

Glücklich lehnten sich Henti und Sherit an die Mauer. Ib hockte zwischen ihnen und verspeiste leise schmatzend eine Feige. Das durfte er auch an diesem besonderen Festtag. Er hatte ja fast ganz allein den Fall des verschwundenen Papyrus gelöst! Die Zwillinge schauten zum Berg Dehenet hinauf, der mächtig und schön wie eine Pyramide in den Himmel ragte. Heute strahlte er golden im Abendlicht. Meretseger, die die Stille liebt, zürnte nicht mehr, denn Ruhe und Frieden waren wieder zum Platz der Wahrheit zurückgekehrt.

Lösungen

Seite 22/23/Kapitel 1

Wenn man durch das Nordtor kommt, kann man zwar bald nach rechts in eine Gasse biegen. Aber erst nach Amunnachts Haus bei der nächsten Gasse ist es möglich, *zweimal* rechts abzubiegen, wie Horimin gesagt hat. Das letzte Haus gehört Kenamun. Offenbar wollte der Dicke also zu ihm.

Seite 39/Kapitel 2

Neferhotep hat es Dieben wirklich nicht leicht gemacht. Er hat seinen Namen um den Rand des Papyrus geschrieben, damit jeder weiß, wem er gehört. Auch auf dem Papyrusfetzen kann man den Anfang seines Namens entziffern: *Neferh*.

Seite 56/57/Kapitel 3

Wenn man genau hinsieht, erkennt man die schräg stehenden Ziegel im Sockel des Lehmziegelbettes sofort. Man kann sie herausnehmen! Kenamun hat sich ein kluges Versteck überlegt. Aber wofür?

Seite 72/73/Kapitel 4

Bei den vielen Menschen kann man Kenamun mit seinem modisch langen Haar und dem Kinnbärtchen kaum entdecken. Er läuft auf eine Gasse der Altstadt im Norden des Amuntempels zu, die genau zu den Häusern der reichen Würdenträger führt.

Seite 83/Kapitel 5

Der Bürgermeister hat wirklich ein schönes, großes Haus. Aber wenn Teti sagt, der »Geist« wolle »der Sonnenbarke des Re nicht nahe sein«, dann kann er nur das Dach meinen. Dort ist man der Sonne am nächsten, dort muss er Henti hingebracht haben.

Seite 94/Kapitel 6

Kein Wunder, dass die Kinder an der Papyrusrolle vorbeigelaufen sind! Sie haben immer nur auf den ohnmächtigen Teti geachtet! Die Rolle steckt in einer hohlen Statue, deren Rücken man öffnen kann. Und die Statue steht auf der Truhe, vor der Teti in Ohnmacht gefallen ist.

Seite 106/Kapitel 7

Wenn Imhotep wüsste, dass Tia sein Päckchen fast verloren hätte! Aber Merimose fügt die Stücke zusammen und liest: »Papyrus ist fuer Herihor«.

Seite 122/Kapitel 8

Kenamun hätte das Feuer, das er hinter einem Schuttberg neben dem Grabschacht gemacht hat, besser löschen sollen. Den qualmenden Aschehaufen sieht Sherit natürlich sofort, als sie aus dem Grabtempel herauskommt.

Seite 133/Kapitel 9

Auf einem verkohlten Holzstück kann man gerade noch eine kleine Ente mit einer Sonnenscheibe auf dem Rücken erkennen. Wie an den Grabwänden bedeutet das: *Sa Re*, Sohn des Re, einen Titel Pharaos. Die Statue war für Pharaos Grab bestimmt, also ist Kenamun auch ein Grabräuber!

Seite 140/141/Kapitel 10

Ib ist wirklich klug. Er hat sich daran erinnert, woher er den Papyrusfetzen hatte: aus einem Vorratskrug mit Gerstenkörnern, den Merit offenbar bisher noch nicht benutzt hat. Sonst hätte nämlich sie und nicht Ib den Papyrus entdeckt!

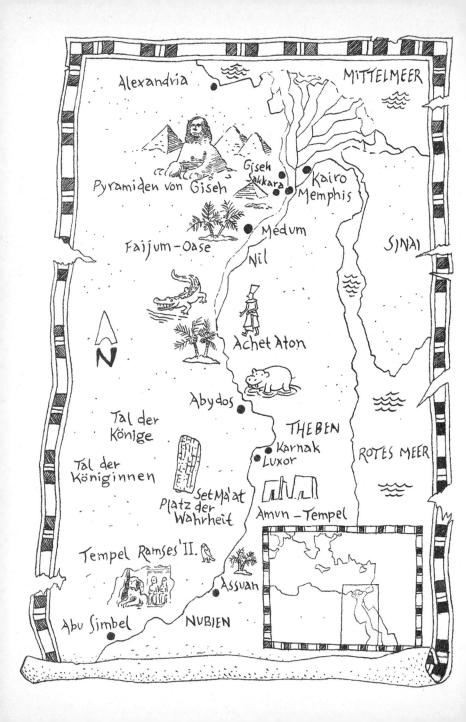

Das Leben im Alten Ägypten

Set Ma'at, der Platz der Wahrheit, wurde Anfang des 20. Jahrhunderts aus dem Wüstensand ausgegraben. Seitdem haben Archäologen aus aller Welt viel über den Alltag der Einwohner herausgefunden, auch über ihr Leben in der Zeit Ramses' II. (1279–1212 v. Chr.).

STAAT UND VERWALTUNG

Pharao: Ein Pharao wie Ramses II. ist der alles bestimmende Gottkönig. Man hält ihn für den Sohn des Sonnengottes Re auf Erden. Sein Titel, *Per-a'a* (Pharao) – *Das große Haus,* bezeichnet ursprünglich seinen Palast. Die Doppelkrone (die rote Krone des Nordens und die weiße des Südens), die goldene Kobra (Uräus-Schlange), Krummstab und Geißel sind Zeichen seiner Königswürde. Künstler wie Amunnacht schmücken bereits zu seinen Lebzeiten seine Grabanlage aus, damit er als Gott im Jenseits weiterleben kann. Man glaubt, dass das Überleben Ägyptens davon abhängt.

Wesir: Er trägt den Titel »Wille, Auge und Ohr des Pharao«, ist Stellvertreter des Pharao und Oberhaupt von Verwaltung und Rechtswesen. Zur Zeit Ramses' II. teilen sich zwei Wesire die Macht: einer im nördlichen Unterägypten mit der militärischen Hauptstadt Memphis, einer im südlichen Oberägypten mit der religiösen Hauptstadt Waset. Dieses Amt bekleidet Antef. Er ist auch für das Künstlerdorf zuständig, wählt Künstler und Handwerker für die königliche Baustelle aus und stattet dem Großen Platz im Tal der Könige regelmäßige Besuche ab, manchmal in Begleitung des Pharao.

Bürgermeister: Ägypten ist in 42 Provinzen aufgeteilt, die zur Zeit Ramses' II. von Bürgermeistern verwaltet werden. Hunefer ist ein wichtiger Mann mit vielen Ämtern und Titeln. Er ist für die Verwaltung der Stadt, die Flusshäfen am Nil und die umliegenden Ländereien verantwortlich. Er kontrolliert die Steuereinnahmen und leitet sie an das Amt des Wesirs weiter. Er ist für den Lebensunterhalt der Tempel Wasets auf beiden Flussufern zuständig und auch für den Lohn der Einwohner Set Ma'ats in Form von Naturalien.

Beamte: Die wichtigste Gruppe in der Verwaltung sind die Beamten. Beamte wie Hori und Ramose überwachen die Arbeit der Handwerker und Bauern und halten Ernteerträge, Viehzählungen oder Tributzahlungen der unterworfenen Völker in endlosen Listen fest. Sie schaffen die Grundlage für die Versorgung der Menschen mit Nahrungsmitteln und für die Planung in Zeiten schlechter Ernte. In Kriegszeiten schreiben sie Berichte über die Kämpfe und führen Buch über die Zahl der Soldaten und ihre Bezahlung.

Waset (Theben): Zur Zeit Ramses' II. teilt sich die religiöse Hauptstadt des Reiches in die »Stadt der Lebenden« am Ostufer des Nil mit Wohnhäusern, Verwaltungsgebäuden und Tempeln und in die »Stadt der Toten« am Westufer. Hier sind die großen Totentempel der Pharaonen, das Dorf Set Ma'at und die Grabanlagen im Tal der Königinnen (»Platz der Schönheit«) und im Tal der Könige (»Der Große Platz«).

Set Ma'at, »Platz der Wahrheit« (heute: *Deir-el-Medine*): Unter dem Pharao Amenhotep I. (1527–1506 v. Chr.) wird das Dorf der besten Künstler und Handwerker des Landes gegründet. In einem Wüstental hinter den Totentempeln arbeiten sie an den Grabanlagen der Pharaonen. Zur Zeit Ramses' II. ist das Dorf größer geworden: 70 Häuser stehen innerhalb der Umfassungsmauer (130 m lang, 50 m breit) und ungefähr hundert Menschen wohnen hier. Von vielen kennen wir heute noch Häuser, Namen und Berufe.

RECHT UND SICHERHEIT

Wachsoldaten: Wegen der reichen Grabschätze sind das Dorf und die Täler mit den Königsgräbern gut bewacht. Hauptmann Nehesi und der Wächter Horimin sind nicht die einzigen. Die Wachhäuser auf den Höhen um die Baustelle und mehrere Wachposten um das Dorf sorgen dafür, dass niemand ohne Kontrolle das Gebiet betritt oder verlässt.

Richter: Der erste Richter des Landes ist der Wesir. In Orten wie Set Ma'at gibt es die »Weisen«, die das Dorfgericht bilden und das Ergebnis ihrer Verhandlungen dem Wesir mitteilen, damit dieser dann das Urteil fällt. Bei schweren Verbrechen entscheidet der Pharao oft selbst.

Straffälle: Viele Steintäfelchen mit Gerichtsprotokollen verraten uns heute noch den Verlauf der Verhandlungen, die Eidesformel und sogar die Namen der Straftäter. Manchmal hat sich ein Angeklagter wirklich gerettet, wenn er einen Eid schwor und dabei leugnete. So wurde ein Handwerker von der Anklage freigesprochen, er habe wertvolles Werkzeug gestohlen. Aber 3500 Jahre nach seinem Freispruch fanden Archäologen im Keller seines Hauses das vergrabene Diebesgut ...

Gottesgericht: Bei den Einwohnern Set Ma'ats wird der Gründer des Dorfes, Pharao Amenhotep I., wie ein Gott verehrt. Seine Statue ist es, die auf einer Barke durch die Straßen getragen wird, um Streitfälle oder Diebstähle wie den Kenamuns durch ein Orakel aufzuklären.

Schreiber: Jeder, der wie Antef oder Hunefer ein hohes Amt bekleidet, hat eine Ausbildung als Schreiber hinter sich und stammt meist aus einer Schreiberfamilie. Auch Ramoses Vater Neferhotep war Schreiber des Grabes und wie üblich hat Ramose sein Amt von ihm geerbt. Er schreibt Berichte über die Arbeit am Großen Platz an den Wesir, kontrolliert die Magazine der Baustelle und kümmert sich um den Lohn der Künstler und Handwerker des Dorfes: Getreide, Öl, Feuerholz und Kleidung. Er schreibt auch private Verträge, Testamente oder Bitten an die Götter für seine Nachbarn in Set Ma'at, wenn sie selbst nicht schreiben können.

Schrift: Medu netjer heißt »die Worte Gottes«. So bezeichnen die Ägypter die Hieroglyphenschrift (griech. »heilige Zeichen«). Thot, der Gott der Weisheit, soll sie selbst geschaffen haben. Die ältesten Funde, einfache Bildzeichen, stammen aus der Zeit von 3500 v. Chr. und über 2000 Jahre sind viele hundert Bilder und Zeichen dazugekommen. Merimose und Imhotep müssen sie alle auswendig kennen, wenn sie einmal Schreiber werden möchten!

Zeichen für Schreiben, Schrift und Schreiber:

Das Zeichen für *sesch*, »schreiben«, setzt sich aus der Schreibpalette, dem Wassertöpfchen und dem Behälter für Binsen zusammen, also allem, was ein Schreiber braucht.

[Hieroglyphe] Mit einer Papyrusrolle heißt es »Geschriebenes«.

[Hieroglyphe] Und mit einem sitzenden Mann heißt es »Schreiber«.

Man liest die Zeichen immer aus der Richtung, in die sie schauen.

Schreibmaterial: Dazu gehören Steintäfelchen, Tonscherben und Rollen aus Leder, Leinen oder Papyrusblättern, die aus dem flach gehämmerten Mark der Papyrusstaude gewonnen und zusammengeklebt werden. Schwarze Rußfarbe wird für normalen Text verwendet, rote Ockerfarbe für Überschriften oder Kapitelanfänge. Die längste erhaltene Papyrusrolle misst 40 Meter!

KÜNSTLER UND HANDWERKER DES GRABES

Vorzeichner: Wenn die Steinmetze die Gänge und Räume eines Grabes aus dem Berg gehauen und die Gipser die Wände mit Mörtel geglättet haben, ziehen Vorzeichner wie Kenamun ein Netz aus roten Quadraten über die Wände und zeichnen mit roter Ockerfarbe Figuren und Schriftzeichen nach einem genauen Plan hinein. Der Schreiber des Grabes verbessert die Fehler mit schwarzer Farbe.

Bildhauer: Zur Zeit Ramses' II. werden die Vorzeichnungen nicht einfach bunt ausgemalt, sondern Steinmetze schlagen die Figuren und Zeichen an den äußeren Linien entlang als Reliefs flach aus der Wand. Oft heben sie so auch Falten der Kleidung oder Federn und Fell von Tieren hervor.

Maler: Sie arbeiten mit dicken Quasten aus Papyrusseilen oder feinen Pinseln aus zusammengebundenen, ausgefransten Binsen. Jedes einzelne Schriftzeichen und jede Figur versehen sie mit den dazugehörigen Farben: Frauen bekommen eine Haut aus gelbem Ocker, Männer aus rotbraunem Ocker. Künstler wie Amunnacht erreichen, dass der Schmuck, die Kleidung oder das schillernde Gefieder der Vögel fast echt aussehen.

Viele weitere Handwerker sind nötig, bis das Grab und seine Ausstattung fertig sind: Bronzegießer für Werkzeuge und Statuen, Goldschmiede für kostbare Totenmasken und Schmuck, Schnitzer und Schreiner für Statuen, Möbel und Särge.

ALLTAG

Häuser: Die Häuser in Set Ma'at sind alle nach dem gleichen Grundriss aus Lehmziegeln gebaut. Räume wie das Badezimmer in Hunefers großem Stadthaus kennt man in Set Ma'at nicht. Archäologen vermuten, dass man Sandbehälter mit einem Lochsitz als Toiletten benutzte. Die Verwaltung in Waset bezahlt Dienerinnen für die Arbeit im Haushalt. Wasserträger bringen mehrmals täglich frisches Wasser in den Brunnen vor dem Nordtor. Es gibt sogar ein Waschhaus, in das die Dorfbewohner ihre Wäsche bringen.

Einrichtung: Je nach Reichtum des Hausbesitzers sind die Möbel sehr unterschiedlich. Schreiber und Vorarbeiter haben ein größeres Einkommen und besitzen manchmal noch außerhalb des Dorfes Landgüter. Sie richten sich ihre Häuser luxuriöser ein und statten sie sogar mit Steinböden aus.

Ernährung: Te (Brot) und *Henket* (Bier) sind die *Tehenket* (Grundnahrungsmittel) in Ägypten. Die Dorfbewohner stellen beides selbst her. Zusätzlich liefert die Verwaltung in Waset Fisch, der eingesalzen und auf den Dächern an der Luft getrocknet wird, Gemüse (Zwiebeln, Lauch, Kürbisse, Gurken), Honig und Obst (Trauben, Feigen, Datteln). Teures Fleisch gibt es nur zu besonderen Anlässen.

Mode: Wie bei der Einrichtung können sich die reicheren Dorfbewohner auch bessere Kleidung leisten. Leute wie Ramose, Huni oder Kenna tragen hemdartige Gewänder aus weißem Leinen über ihrem knielangen Lendenschurz. Auch Hunero trägt oft elegante, gefältelte Kleider. Merimoses Mutter Henut dagegen stellt mit ihrem Webrahmen Stoffe her und näht die Kleidung selbst. Ihren Stoff tauscht sie am Ufermarkt gegen Dinge, die ihre Familie braucht.

Kinder: Mit fünf Jahren lernen die Jungen und oft auch die Mädchen in einem Tempel Schreiben, Lesen und Rechnen. Wollen die Jungen Schreiber werden, dauert ihre Ausbildung ungefähr fünfzehn Jahre. Die anderen arbeiten als Handwerker oder Bauern. Die Mädchen gelten mit zwölf Jahren als erwachsen. Sie können in einem Beruf arbeiten, auch wenn sie verheiratet sind. Als Ehefrau sind sie »Herrin des Hauses« und behalten ihren Besitz.

ZEIT

Renpet, »Jahr«: Das ursprüngliche Mondjahr mit 354 Tagen wird zur Zeit Ramses' II. besonders für religiöse Feste berechnet, ansonsten richtet man sich nach dem Sonnenjahr (12 Monate zu 30 je Tagen). Ein Monat hat drei Wochen zu je 10 Tagen (*heriu*). Da das Sonnenjahr aber 365 Tage hat, feiern die Ägypter deshalb am Ende des Jahres (Mitte Juli) die *heriu renpet*, »Tage auf dem Jahr«. An diesen fünf Tagen begehen sie die Geburtstage der Hauptgötter und wünschen sich *renpet neferet*, »ein gutes Jahr«.

Jahreszeiten: Es gibt drei Jahreszeiten, die alljährlich mit dem Nilhochwasser beginnen: *Achet* (Überschwemmung; Juli bis November), *Peret* (Wachsen; November bis März) und *Schemu* (Ernte; März bis Juli).

Feste und Feiertage: Neben vielen Familien- und Bauern-
feste in den verschiedenen Jahreszeiten sind die wichtigsten Feste die der Götter und des Pharao. In Waset gibt
es ungefähr 60 Feiertage. Das »Schöne Fest im Wüstental« ist ein Fest zu Ehren der Toten, für die Amun seinen
Tempel verlässt. Auch bei einigen anderen Festen zu
Beginn eines Monats oder zu Neujahr feiern die Famili-
en in den Grabmälern ihrer Toten. Deshalb hat jeder private Totentempel einen ausreichend großen Innenhof.

GLAUBE

Priester und Priesterinnen: Priester sind im Alten Ägypten *hem netjer,* »Diener der Gottheit«, mit verschiedenen Aufgaben. Von der Mumifizierung eines Toten bis
hin zum Reinigen von Kultgegenständen eines Tempels
braucht man die niedere und die hohe Priesterschaft.

Der reiche und mächtige Hohepriester ist vom Pharao bestimmt. Er ist der Einzige, der die Zeremonien im
Allerheiligsten kennt und neben dem Pharao ausüben
darf.

Der Amuntempel in Waset besitzt große Ländereien,
eine Bibliothek, eine Schreibschule und Archive. Priester sind zugleich auch Magier und Ärzte, sodass die
Menschen mit ihren Gebrechen zu ihnen kommen.

Die Priesterinnen dienen oft weiblichen Gottheiten.
In Set Ma'at sind auch Frauen wie Henut oder Hunero
in den sechzehn Heiligtümern im Norden des Dorfes

als Priesterinnen oder Sängerinnen tätig, denn es gibt keine eigenen Priester und Priesterinnen für das Dorf.

Götter: Zur Zeit Ramses' II. kennt man Hunderte von Göttern, aber die wichtigsten für Waset sind der Staats- und Königsgott Amun, seine Frau, die Muttergöttin Mut, und ihr gemeinsamer Sohn, der Mondgott Chons. Daneben wird Osiris als Totengott verehrt. Isis, Hathor und Meretseger sind Schutzgöttinnen der westlichen Totenstadt. Und über allen und in allen Göttern ist Ma'at, die Göttin der Ordnung und Wahrheit.

TOD UND JENSEITS

Grabanlagen: Seit Pharao Thutmosis I. (1504–1492 v. Chr.) werden keine Pyramiden mehr errichtet. Im Tal der Könige werden Grabanlagen nun tief in den Felsen gehauen. Tore und Gänge führen zu den hohen Räumen der Grabkammern hinab. Sie bedeuten für Ägypter einen Ort, an dem sie die Ewigkeit verbringen können. »Haus der Ewigkeit« nennen sie es selbst. Die Bilder an den Grabwänden zeigen das Leben des Toten im Jenseits. Bei Pharaonen ist es das Leben als Gott unter Göttern, bei den Bewohnern von Set Ma'at ist es die Umgebung, in der sie gelebt haben. Dazu bekommen sie Grabbeigaben wie Möbel, Kleidung, Nahrungsmittel, Schmuck und Schminke. *Ushebtis*, kleine Dienerfiguren, kommen ihnen zu Hilfe, wenn die Götter sie im Jenseits zur Arbeit rufen.

Mumien: Um im Jenseits weiterzuleben, braucht ein Toter seinen Körper als Bleibe für seinen *Ka* (seine Lebenskraft) und seinen *Ba* (seine Seele). Deshalb wird er siebzig Tage in Salzen getrocknet, mit Ölen und Harzen gesalbt und in mehrere hundert Meter Leinenbinden gewickelt. Mit Schutzamuletten legt man ihn in einen Sarg, der mit magischen Zeichen und Texten bemalt ist.

Die Organe des Toten sind ihm entnommen worden, bis auf das Herz. Man hält es für den Sitz der Persönlichkeit eines Menschen. Beim Totengericht wird es auf der Waage der Ma'at gegen ihr Zeichen, die Feder, gewogen. Ist es leichter als die Feder, ist der Tote würdig, ins Jenseits einzukehren.

Seine Familie wird immer wieder seinen Namen nennen, denn ohne Namen existiert man nicht im Alten Ägypten. Und sie wird dafür sorgen, dass sein Ka immer Opfergaben findet, die ihm sein Leben im Jenseits erleichtern.

Lesenswerte Internetseiten:
Alles über Ägypten:
www.selket.de
Alles über das Tal der Könige:
www.thebanmappingproject.com

Inhalt

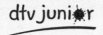

Abenteuer
Geschichte

ISBN 978-3-423-**71178**-4 Ab 10

Spannender Rätselkrimispaß aus
dem Mittelalter – für Spürnasen,
die mehr wissen wollen.

dtv junior

Erzählte
Geschichte ab 10

ISBN 978-3-423-**70944**-6
Ab 10

ISBN 978-3-423-**70982**-8
Ab 10

Setha und Kethi
erleben spannende
Abenteuer in Ägypten
zur Zeit der Pharaonen.

Spannender Wim-
melbild-Suchspaß
im Alten Rom.